아무리 힘든 순간이라 해도
사랑이 주는 믿음을 간직하길 바라며

_____ 님께

_____ 드림

너를 만나고
나를 ——— 알았다

이근대 쓰고
소리여행 그림

마음
서재

작가의 말

사랑으로 살아가는 그대에게

바람이 따스하게 불어오는 날, 가벼운 외투를 걸치고 옥상으로 올라가 잔잔한 풍경을 바라본다. 이마에 내려앉는 포근한 햇살이 좋고, 눈빛을 적시는 부드러운 바람이 참 좋다. 마음속으로 흘러드는 풍경이 정답고, 콧잔등에 내려온 하늘빛이 정겨워서 참 좋다. 무엇보다도 눈을 감으면 영혼이 맑은 시간과 교감할 수 있어서 참 좋다.

저마다 한 가지 아름다움으로 존재의 가치를 빛내며 각자의 자리를 지키고 있는 것들. 바람과 구름과 햇살, 그리고 나를 부풀어 오르게 하는 맑은 공기, 흙에서 막 돋아나는 새싹과 앙상한 가지 끝에 매달린 꽃눈, 매화나무 가지 끝까지 모여드는 봄의 기운들, 그리고 풍경을 만들고 지우면서 거리를 오가는 사람들…… 가슴이 뛴다.

사랑이리라. 이 수많은 풍경들이 가슴 벅찬 사랑이리라. 사랑으로 살아가기 때문에 감격하고 감동하는 것이리라 하면서도 막상 사랑에 대해 정의를 내리려고 하면 답이 없다는 게 정답이다.

사랑이란 과연 무엇일까? 그 어떤 대상을 만나 잊고 살았던 나를, 잃어버렸던 나를 발견하는 아름다운 과정일까? 아니면 완벽하지 못한 자아와 자아가 만나 서로의 빈구석을 채워가는 것일까? 이도 저도 아니면 달콤한 설렘을 꽃피우는 봄날의 향연 같은 것일까?

한 가지 확실한 것은, 사랑하는 사람을 통하여 아름다운 나를 발견한다는 것이다. 마치 거울을 통하여 나의 모습을 바라보듯, 사랑하는 사람을 통하여 소중한 나를 발견한다는 것이다. 너를 만나기 전까지 나는 아무것도 아니었다. 나만의 매력과 소중함을 망각하고 그냥 살았다. 그래서 사랑은 위대한 것이다. 설령 사랑하는 사람과 가슴 아픈 이별을 한다 해도 사랑은 사람이 희망이라고 가르쳐주는 위대한 스승이다.

산다는 것은 사랑의 설렘에 젖어 아름다운 자신을 발견하는 것이다. 소중한 자신을 찾아가는 것이다. 사랑을 통하여 자기를 완성해가는 것이다. '내가 이렇게 아름다운 사람이었나' 하고 자신에게 감동하는 것이다. 사랑하는 사람을 통하여 진정한 나를 만나고 나의 가치를 발견하는 것이다.

그리고 또 중요한 것은, 사랑이 끝나도 삶은 계속된다는 것이다. 이별은 또 다른 사랑을 낳아 아름다운 인생을 빚어낸다는 것이다. 그러므로 우리는 매 순간순간을 따뜻한 사랑으로 살아가는 것이다.

이 책이 사랑으로 살아가는 그대에게
삶을 예쁘게 꽃피우는 꽃씨가 되었으면 좋겠다.
이 책이 이별을 맞이한 그대에게
가슴 뭉클한 위로와 응원이 되었으면 좋겠다.
이 책이 사랑에 빠진 그대에게
세상에서 가장 아름다운 노래가 되었으면 좋겠다.
이 책이 슬픔에 휩싸인 그대에게
눈물을 닦아주는 손수건이 되었으면 좋겠다.
이 책이 꿈과 희망을 찾으려는 그대에게
끝없이 솟아나는 힘과 용기가 되었으면 좋겠다.
이 책이 절망이라는 사막을 헤매고 있는 그대에게
오아시스가 되었으면 참 좋겠다.

오늘도 그대의 행복을 기원하며

이근대

Part 2
너를 만나고 나를 알았다

Part 3

오늘 나에게 필요한 말

Part 4

인생은 그런 것이다

Part 1

나에게 가장 좋은 사람

나를 칭찬하고 싶은 날

오늘은 나를 칭찬하고 싶은 날이다.

내가 잘해서가 아니라
내 마음이 버겁게 흔들리고 있기 때문이다.

그냥 놓아두면
바람에 휩쓸려 나를 잃어버릴 것 같아서
그냥 내버려두면
시련의 능선에 주저앉아 울어버릴 것 같아서

잘하고 있다고
정말 잘하고 있다고
마음을 토닥거려주고 싶은 날이다.

살면서

누구나 한 번은 홍역 앓듯 이별을 겪고

누구나 한 번은 절망의 늪에 빠져 눈물 흘릴 때가 있다.

오늘은 내게 그런 날이다.

그냥 놓아두면

어둠 속에 나를 놓아버릴 것 같아서

그냥 내버려두면

허공을 떠다니는 풍선처럼 정처 없이 떠돌 것 같아서

　　잘 살았다고

　　정말 잘 살고 있다고

　　나를 칭찬하고 싶은 날이다.

내가 웃으면 세상도 웃는다

웃자.
천둥 번개가 쳐도 웃고
꽃잎이 떨어져도 웃자.

절망하지 않고 사는 사람 없고
상처받지 않고 사는 사람 없다.

힘들다고 지레 포기하지 말고
아프다고 먼저 눈물 흘리지 마라.

웃음은 구겨진 영혼을
예쁘게 다림질해줄 것이다.

꿈을 빼앗겼어도 웃고
절망의 한가운데라 해도 웃자.

웃음이 꿈을 찾아줄 것이고
웃음이 절망을 건널 수 있게
단단한 다리가 되어줄 것이다.

하늘이 무너져도 웃고
태양이 녹슬어도 웃자.

내가 웃으면
아무리 험난한 세상이라 해도
나를 보고 웃어줄 것이다.

비 내리는 풍경

비가 오는 날엔
나를 가장 따뜻하게 만날 수 있다.

빗방울이 떨어지는 창가에 앉아
음악에 젖어 차를 마시고 있으면
마음이 더없이 행복하다.

메마른 마음을 적시는 빗방울이 좋고
빗방울을 머금어 촉촉해진 마음이 좋다.
마음에 펼쳐지는 풍경이 절경이고
마음에 그려지는 그림이 수작이다.

비가 오는 날은
가장 가까운 거리에서
가장 따뜻한 마음으로
나를 만날 수 있는 날.

마음과 손을 잡고 공원을 걸어도 좋고
차를 몰고 산길을 달려도 좋다.
마음이 이끄는 곳으로 무작정 걸어도 좋고
비 내리는 풍경 속을 무심히 달려도 좋다.

빗방울이 내 마음을 두드려도 좋고
빗물이 내 눈빛을 적셔도 좋다.
한데 모여 강으로 가는 빗방울이 좋고
소용돌이치며 바다로 달려가는 강물이 좋다.

불어난 강물이 넓디넓은 바다로 흘러가듯
내 작은 눈물이 모여 꿈을 이루고
깊고 넓은 인생의 바다에서 넘실거렸으면 좋겠다.

우울 처방전

우울이 밀려오면
마음을 가만히 어루만져주세요.

잠을 푹 자고 일어나
하고 싶은 일을 시도해보세요.

좋은 친구를 만나 차 한잔 마시면서
못다 한 이야기를 나눠보세요.

힘들어 하는 마음을 내버려두면
그 마음이 나를 해칠 수 있어요.

우울한 마음을 내버려두면
그 마음에 내가 잡아먹힐 수 있어요.

우울이 밀려오면

마음을 초콜릿처럼 달콤하게 해주세요.

혼자일 때와 여럿일 때

혼자 있을 때는 적요에 빠져드는 마음을 조심하고
많은 사람들이 모인 자리에서는 말을 조심하세요.

혼자 있을 때는 입을 닫지 말고 콧노래를 부르고
많은 사람과 있을 때는 입을 닫고 경청하세요.

혼자 있을 때는 소리 내 책을 읽거나
음악을 들으면서 마음에 소란을 피우세요.
가만히 있으면 어느새
마음에 우울이 들어와 자리 잡으니까요.

많은 사람과 있을 때는
입은 최대한 닫고 귀는 최대한 열어두세요.
입을 많이 열면 말실수할 확률이 높아지지만
귀를 크게 열면 많은 것을 얻을 수 있거든요.

혼자 있는 자리에서는 마음의 빈자리를

좋은 생각으로 채우고

많은 사람들이 모인 자리에서는 옆자리를 조심하세요.

혼자 있는 자리에서는 나를 조심하고

많은 사람들이 모인 자리에서는 타인을 조심하세요.

요즘 내가 그래

요즘 그래.
아무 감정도 느낄 수 없었으면 좋겠어.
좋아하는 사람 앞에서도 설렘이 없고
싫어하는 사람을 봐도 무덤덤하면 좋겠어.

기쁨이 무엇인지, 아픔이 무엇인지
분간할 수 없었으면 좋겠어.
마음껏 웃을 수 있게,
마음에 날개를 달고 창공을 여행할 수 있게.

사랑하면 어떻게 달라지는지
이별하면 어떻게 달라지는지
판단할 수 없었으면 좋겠어.

꽃잎 위를 날아다니는 나비처럼
사랑을 옮겨 다닐 수 있게.

꽃밭을 지나가는 바람처럼

그 사람을 그냥 지나칠 수 있게.

요즘 내가 그래.

날씨 탓인지, 계절 탓인지 자꾸만 우울이 밀려와

그냥 어디론가 멀리 혼자 떠나고 싶고

낯선 곳에서 낯선 공기를 마시며 낯선 일상에 젖고 싶어.

요즘 내 마음이 그래.

봄날의 나비처럼

세상을 가볍게 날아올랐으면 좋겠어.

나는 참 예쁜 사람

나는
마음이 참 예쁜 사람이에요.

나를 위해
꽃병에 꽃을 꽂아둘 줄 아는 사람이거든요.

마음에 우울이 밀려오면
꽃병에 꽂아둔 꽃을 바라보면서
살포시 미소 지을 줄 아는 사람이거든요.

마음에 슬픔이 몰려오면
따뜻한 찻잔을 들고
창밖의 풍경을 여행할 줄 아는 사람이거든요.

찻잔과 음악 사이에서
마음을 아름답게 꽃 피울 줄 아는 사람이거든요.

무엇보다 나는
힘든 때일수록
나를 사랑할 줄 아는
예쁜 사람이거든요.

인생의 목표

지칠 땐 아무 생각 없이 푹 자는 것이 좋은 약이에요.
밤새워 걱정한다고 고달픈 마음이 줄어들지 않아요.
차라리 아무 생각 없이 이불 뒤집어쓰고 자버리세요.
숙면을 하고 나면 몸도, 마음도 개운해질 거예요.

무작정 달린다고 좋은 게 아니에요.
제대로 쉬는 것도 중요해요.
끊임없이 도전하다 보면
모든 것이 버겁고 힘들 때가 있어요.
그럴 때는 마음의 여유를 가지고
속도를 좀 늦추는 것도 좋아요.

몸과 마음이 병드는 것도 모른 채
꿈에 미쳐 있는 것은 어리석어요.
몸과 마음을 잘 살펴가면서 속도를 내야 해요.
몸이 기울어가는 것을 무시하고

달리는 것은 무모한 짓이에요.
건강을 잃으면 인생 전부를 잃는 거예요.

　인생을 꽃 피우는 것도 중요하지만
　그보다 더 중요한 것은
　건강한 영혼으로 따뜻하게 웃는 거예요.

삶의 속도보다 마음의 지혜가 중요해요.
달리기를 멈추고 하늘을 보거나
그늘에 앉아 쉬어갈 줄 알아야 해요.
햇살 쏟아지는 공원을 산책해도 좋아요.

인생은 얼마나 빨리 목표를 달성하느냐가 아니라
얼마나 좋은 내용을 영혼에 담느냐가 중요해요.

속이 꽉 찬 사람

남들 앞에서 잘난 척, 아는 척하지 말자.
고개 끄덕거리면서 경청하는 사람이 더 잘난 사람이고
아는 게 더 많은 사람이다.

빈 수레가 요란하고, 빈 깡통이 시끄러운 법.
없으면서 있는 척, 모르면서 아는 척해봤자
돌아오는 건 비난뿐이다.

속이 꽉 찬 사람은 유세하지 않고
정말 많이 아는 사람은 허세를 떨지 않는다.

속이 꽉 찬 사람은
가만히 있기만 해도 존재감이 돋보이고
존재하는 것만으로도 빛이 난다.

속이 꽉 찬 사람은

벼가 익을수록 고개를 숙이듯

겸손이 몸에 배어 어디를 가든 환영받는다.

속이 꽉 찬 사람은

잘났다고 자랑하지 않고

절망에 사로잡힌 사람의 마음을 밝혀준다.

좋은 날, 좋은 시간은
내가 결정하는 거예요.
모든 날, 모든 순간은
내가 행복으로 채우는 거예요.

그냥 울어도 좋아요

인생이 허무하게 느껴질 때는
그냥 눈물 흘려도 좋아요.
억지로 감추려 하면 마음이 더욱 버거워져요.
세파에 시달리던 지난날을 돌아보면 슬퍼지기도 해요.
그래도 너무 크게 상심하지 말아요.

인생이 허무하다고 생각될 때는
마음이 시키는 대로 소리 내어 눈물 흘려도 좋아요.
그러나 너무 오래 울지 말고
너무 깊이 가라앉지 말아요.

마음에 바람이 불고 비가 내리면
바람에 흔들리고 비에 젖어보세요.
바람을 이기려 하면 꺾일 수 있고
비를 피하려 하면 빗방울이 더 무겁게 느껴질 거예요.

들녘에서 비바람이 사라진다면
황금빛 곡식을 수확할 수 있을까요?
아마 열매도 맺지 못하고 곡식들은 말라 죽을 거예요.
비바람이 불어야
예쁜 꽃도 피고, 알찬 열매도 맺는 거예요.

우리의 인생도
눈물 속에서 익어가고 결실을 맺는 법.
꽃밭의 풀을 뽑고 화초에 물을 주듯
삶이 슬플 땐 그냥 울어도 좋아요.

자신에 대한 예의

커피 한 잔을 마셔도
예쁜 잔에 아름다운 풍경을 담아서 마셔요.
혼자라고 아무렇게나 마시지 말고
잔잔한 음악을 깔고 분위기 있게 마셔요.

예쁜 잔을 손님에게 내어놓듯
나를 정성껏 대접해보세요.
나는 나에게 손님 이상으로 소중한 사람이니까요.

과일 하나를 먹어도
예쁜 접시에 보기 좋게 담아서 먹어요.
대충 씻어 손에 쥐고 먹지 말고
좋은 식사 뒤 후식을 즐기듯 향기롭게 먹어요.

사랑하는 사람을 소중하게 여기듯
나를 힘껏 아껴보세요.
나는 내가 가장 사랑해야 하는 사람이니까요.

한 끼 밥을 먹더라도

깔끔한 식탁에 앉아 제대로 차려 먹어요.

혼자라고 한 끼 때운다 생각하지 말고

잔칫상처럼 차려서 맛있게 먹어요.

내가 나를 소중히 챙겨야

남들도 나를 귀하게 여기고

언제 어디서 누구에게든 사랑받는 법이에요.

귀찮다고 생각하지 말고

나부터 나를 챙겨주고 아껴주고 사랑해주세요.

그게 자신에 대한 예의를 지키는 일이에요.

그게 즐거운 인생을 만드는 일이에요.

감정이 흐르는 대로

감정에 충실하세요.
아프면 아픈 만큼 아파하고
기쁘면 기쁜 만큼 기뻐하세요.

감정을 숨기고 억누르면
더 큰 고통과 슬픔을 마주하게 되니까요.

주위 사람들을 의식하지 마세요.
흐르는 감정을 막으려 하면
더욱 슬프고 더욱 아프니까요.

흐르는 물을 가두면 썩기 마련이고
부는 바람을 막으면 더 거세지니까요.

아닌 척, 강한 척, 괜찮은 척하지 말고
슬프면 슬픈 만큼 슬퍼하고
기분 좋으면 좋은 만큼 좋아하세요.

함께 나눈다는 것

우울할 땐 털어놓자.
친구, 애인, 가족, 그 누구에게든
털어놓는 것만으로도 우울이 덜어질 것이다.

자존심 때문에
아픈 마음을 숨기고 있으면
언젠가 종기처럼 곪아 터질 수 있다.

체면 때문에
혼자서 깊은 고민에 빠지면
아픔은 커지고 길어질 수밖에 없다.

어렵게 생각하지 말자.
가끔은 단순함이 마음에 위안이 될 것이다.

기쁨과 슬픔은
습자지 한 장 차이에 불과할 뿐
중요한 건
내가 나를 얼마나 사랑하느냐다.

아무리 좋은 것이라 해도
혼자 마음에 담아두지 마라.
노래도 함께 부르면 즐겁고
기쁨도 함께 나누면 배가 되지 않던가.

슬픔이 몰려올 땐
눈물로 그 감정을 털어버리자.
바람결에, 햇볕에, 꽃향기에 털어도 좋다.
털어버리는 것만으로도 마음에 빛이 들 것이다.

오늘은 이렇게

오늘은
웃음꽃을 피워보자.
내가 웃으면
내 앞에 있는 사람이 웃고
내 인생도 웃음바다가 될 것이다.

오늘은
감사함을 내보이자.
감사하면 감사할 일이 더 많이 생기고
인생 전체가 감사로 물들 것이다.

오늘은
마음을 꾸며보자.
화려하게 화장해주고
사랑을 찾아 날아갈 수 있게
마음을 곱게 단장해보자.

오늘은
나에게 말을 걸어보자.
아픈 곳은 없는지
힘든 일은 없는지 내면의 소리를 들어보자.
내 진심 한마디에
행복이 봄날 꽃잎처럼 피어날 것이다.

오늘을
내 인생에서
가장 행복한 날로 정해보자.
어제를 돌아보지 말고
내일을 앞서가지도 말자.

지금 이 순간 행복하면
내일은 분명 더 행복할 테니까.

이유 모를 슬픔과
마주하는 시간

그냥
눈물이 날 때가 있어요.

이유 없이
눈물이 쏟아질 때가 있어요.

사랑이 나를 짓밟고 간 것도 아니고
누군가가 내 꿈을 빼앗아간 것도 아닌데
그냥 슬퍼질 때가 있어요.

소리 없이 흐르는 시간의 굴레 속에서
고요히 나를 바라봅니다.

이슬처럼, 물거품처럼, 한 줄기 연기처럼
시간 속으로 사라지는 것들을
물끄러미 바라봅니다.

삶은
절반이 기쁨이고
절반이 아픔인 날들의 연속.

그래도 위로가 되는 건
아직도 가슴에
눈물이 남아 있다는 사실입니다.

나에게 좋은 나

친구도, 가족도, 동료도 좋지만
나에게 좋은 내가 가장 좋다.

친구가 힘들면 술잔을 나누고 동료가 고되면 일을 도우면서
정작 나는 힘든 순간에 내버려두지 않았나.

남들은 배려하고 이해하면서
정작 나는 앞만 보고 달리라고 채찍질하지 않았나.

타인에겐 하고 싶은 일을 하라고 독려하면서
정작 나에겐 하고 싶지 않은 일을 견디라 하지 않았나.

속도에 미쳐 앞만 보고 달리다가
내 몸이 망가지는 것도 눈치채지 못하지 않았나.

오지도 않은 미래를 한숨 쉬며 고민하다가
힘든 마음을 방치하지 않았나.

지친 몸과 마음을 달래주지도 않고
막무가내로 인내를 고집하지 않았나.

꿈도, 미래도, 도전도 좋지만
내가 진짜 원하는 것이 무언지 귀 기울여보라.

내가 힘들 때
나에게 가장 좋은 나,
나에게 가장 멋진 나로 사는 게 좋은 인생이다.

행복한 사람

힘들 때
달려가 안길 수 있는 누군가가 있다면
그는 행복한 사람이다.

눈물날 때
마음을 다하여 눈물을 닦아주는 누군가가 있다면
그는 정말 행복한 사람이다.

꽃이 필 때
꽃구경 가자고 전화하는 누군가가 있다면
그는 세상에서 가장 행복한 사람이다.

외로울 때
함께 노래 불러줄 누군가가 곁에 있다면
그는 눈물나도록 행복한 사람이다.

그저 자유롭게

나를 내 안에
가두지 마라.

들판을 자유롭게 노니는 나비처럼
그저 풀어놓아라.

생각 속에 나를 가두려 하면 할수록
벗어나기 위해 더욱 안간힘을 써야 할 것이다.

나비가 향기 따라 날듯
마음도 달콤해지는 곳으로 가게 내버려두라.

파란 하늘에 무심히 떠가는 구름처럼
한 걸음 물러서서 나를 지켜보라.

내가 나에게 밀착하면 할수록
마음의 평수가 줄어 답답해질 수밖에 없다.

햇살이 닿는 곳에 꽃이 피듯
마음이 닿는 곳에 사랑이 피어나리라.

마음속에 묶어두려 할수록
생각이 끓어올라 갈등을 빚을 것이다.

　　놓아두면 머물 것이고
　　묶어두려 하면 멀리 도망칠 것이다.

　　나를 내 안에
　　묶어두려 하지 마라.

우려의 무익함

우려하지 마라.
과거는 이미 흘러갔고
미래는 아직 도래하지 않았으니.

지금 이 순간 여기에서
행복하면 된다.

지나친 우려는
사람을 불안하게 만들고
삶을 피폐하게 만든다.

쓸데없는 우려는
마음을 갉아먹고
몸을 병들게 한다.

과거와 미래에 대한 우려 때문에
땅바닥에 떨어지는 빗방울처럼
주저앉아 울지 마라.

지금 나에게 주어진 시간을
웃음과 노래로 채워보라.
우려는 웃음 속에 흩어지고
불안은 노래 속에 지워질 것이다.

내가 나라서 참 좋다

나는 나와 함께하는
지금 이 순간이 좋다.

내가 있어서 좋고
내가 나를 사랑해서 좋다.

오늘이 이렇게 좋은데
내일은 얼마나 더 좋을까.

나는 내가 좋아서
나와 함께하는 내 인생이 기대된다.

나는 내 모습이 참 좋다.
사랑에 빠진 내가 좋고
사랑받는 내가 정말 좋다.

내가 나다워서 좋고
내가 나를 믿어서 참 좋다.

가끔은

가끔, 스스로를 돌아보라.
하늘이 하루만 내려오지 않아도
창문이 더러워지는데
나를 돌아보지 않으면
마음 한구석에 쌓이는 먼지를 어떻게 닦을까.

가끔, 마음에 등불을 밝혀보라.
밤하늘에 달이 하루만 뜨지 않아도
세상이 암흑천지로 변하는데
마음에 등불을 밝히지 않으면
긴 인생길에 깔리는 어둠을 어떻게 견딜까.

가끔, 물처럼 살아보라.
한동안 빗방울이 떨어지지 않으면
대지가 바싹 말라 버석거리는데
촉촉이 적시는 물처럼 살지 않으면

삶의 그 수많은 생채기를 어떻게 감당할까.

가끔, 삶을 어루만져보라.
햇살이 꽃잎에 닿지 않으면
꽃은 향기를 잃고 마는데
아픔 가득한 삶을 다독이지 않으면
앞만 보고 달려가는 마음이 오죽 아플까.

가끔, 스스로를 응원해보라.
강렬하게 타오르는 하루해도 어둠이 오면 시들고
가슴에 타오르는 꿈도 시련 속에서 헤맬 때가 있는데
칭찬과 위로로 나를 응원하지 않는다면
좌절 속의 인생을 어떻게 꽃피울까.

위로가 필요한 날

사는 게 힘들어서 눈물이 나는데
아무데도 갈 곳이 없었습니다.

너무 힘들다고 말하고 싶은데
누구에게도 말할 수 없었습니다.

세상을 원망하면서 혼자 울었습니다.
아무리 원망해도 소용없다는 걸 알면서
그저 혼자서 눈물 흘렸습니다.

누군가가 찾아와
사는 게 너무 힘들다고 말하면
이유를 묻지 말고 가만히 얘기를 들어주세요.
고개 끄덕이면서 눈물을 닦아주세요.
그렇게 들어주는 것만으로 큰 위로가 되니까요.

누군가가 나를 안아주면서
괜찮다고, 잘하고 있다고 토닥거리면
마냥 소리 내어 울고 싶은,
오늘은 그런 날입니다.

마음에 가두지 마세요

마음에 가둘 수 있는 것은
아무것도 없어요.

벅찬 감동도
깊은 슬픔도
그 어떤 것도 가두지 못해요.

기쁨을 가두면
더 큰 기쁨을 욕심부리게 되고
눈물을 가두면
더 큰 슬픔을 만나게 됩니다.

아무리 예쁜 꽃도 때가 되면 지고
먹구름도 모이면 비를 뿌리듯
가득 찬 마음도 자꾸만 비워야 합니다.

허공에 바람이 지나가고
밤하늘에 달빛이 스치듯
세월이 마음을 지나가게 하세요.

마음에 모아두지 말고
마음에 쌓아두지 말고
마음에 담아두지 마세요.

허공에 머무는 것이 아무것도 없듯
그 무엇도 마음에 머물 수 없습니다.

아무리 황홀한 사랑이라도
아무리 사랑하는 사람이라도
마음에 잡아둘 수 없는 이유는
우리 마음이 허공과도 같기 때문입니다.

나에게 미안해서

내 마음이 이렇게 차가웠나.
이렇게도 바람에 떠밀리듯 살았나.

길가의 산수유는 샛노랗게 꽃을 밀어 올리는데
내 마음은 아직도 한겨울이다.

나보다 먼저 산수유가 봄을 갖는 것을 보면
산수유보다 내가 많이 부족한 모양이다.

서둘러 마음을 어루만져 보지만
얼어붙은 마음이 녹을 생각을 하지 않는다.

　나를 이렇게도 한데 오래 세워두었던가.
　나에게 미안해 눈물이 났다.

좋은 나를 위하여

귀에 들린다고 생각에 담지 말고
눈에 보인다고 마음에 담지 마라.

담아서 상처가 되는 것은 흘려버리고
담아서 더러워지는 것은 쳐다보지 마라.

좋은 것만 마음에 가져올 수 없지만
마음을 아프게 하는 것은 귀담아듣지 마라.

입이 있다고 함부로 말하지 말고
혀가 있다고 함부로 험담하지 마라.

참아서 이득이 된다면 경청하고
참아서 이롭다면 기필코 삼가라.

지금까지 당신을 힘들게 한 것들이
당신을 기쁘게 해줄 거예요.
지금까지 당신을 눈물나게 한 것들이
당신을 웃게 해줄 거예요.
지금까지 당신을 아프게 한 것들이
당신의 인생에 거름이 되어줄 거예요.

세상에서 가장 행복한 사람이
당신이었으면 좋겠습니다.

내가 아닌 하루

나로 살지 못할 하루가 오고
나로 살지 못한 하루가 또 지났다.

내 모습 안에서 살지 못할 시간이 오고
내 모습 밖에서 서성였던 시간이 또 흘러갔다.

하고 싶다고 할 수 있는 게 아니고
하기 싫다고 안 할 수 있는 게 아니었다.

시간의 굴레에서 벗어나지 못하고
내가 나를 내 안에 가둬버리던 날.

나로 살지 못한 내가 미워서 울었고
나로 살아가야 할 내가 그리워서 또 울었다.

눈물이 난다는 건

나도 가끔 운다.
가끔씩 울어줘야 마음이 깊어지고
가끔씩 울어줘야 생각도 맑아진다.

하늘을 보라.
구름을 몰아내면서 한바탕
소나기가 쏟아져야 하늘이 높아지고
빗방울이 어둠을 씻어줘야 별빛도 찬란하지 않던가.

너무 많은 것을 마음에 가두려 하지 말고
너무 깊은 생각에 몰두하려 하지 마라.

눈물이 난다는 건
아직도 마음이 따뜻하다는 것이고
아직도 사랑이 남아 있다는 것이다.

나도 가끔 운다.
울면서 마음의 무게를 줄이고
울면서 삶의 자세를 바꾼다.

계곡을 보라.
울면서 계곡을 비워줘야 물도 썩지 않고
맑게 울어줘야 청명한 가을 하늘이
계곡에 내려와 놀지 않던가!

너무 많은 것을 담아두지 말고
너무 오래 담아두지 마라.

눈물이 난다는 건
그만큼 마음이 아프다는 것이고
그만큼 마음의 무게를 짊어지고 있다는 것이다.

그렇기에 힘을 내

세상에는
가슴 버거운 일보다
가슴 뜨거운 일이 더 많기에
우리는 꿈을 안고 살아가는 것이다.

힘내라.
넘어지지 않고 길을 가는 사람 없고
이별 한번 하지 않고
좋은 사랑을 하는 사람 없다.

세상에는
가슴 아픈 일보다
가슴 벅찬 일이 더 많기에
우리는 웃으면서 살아가는 것이다.

언제나 봄날 – 꽃

슬플 때
더 많이 웃고
아플 때
더 예쁘게 웃습니다.

외로울 때
더 다정하게 웃고
괴로울 때
더 향기롭게 웃습니다.

힘들 때
더 크게 웃고
버거울 때
더 활짝 웃습니다.

그래서 내 인생은
언제나 봄날입니다.

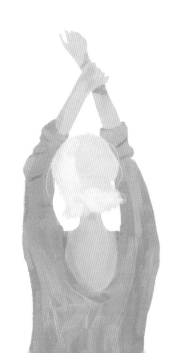

Part 2

너를 만나고 나를 알았다

내가 참 예쁘다

거울에 비친
내 모습이 참 예쁘다.
어제보다 오늘이 예쁘고
오늘보다 내일이 더 예쁠 것이다.

웃고 있어서 예쁘고
좋은 생각을 하고 있어서 예쁘다.
달콤한 사랑에 빠져 있어서 예쁘고
사랑의 설렘에 젖어 있어서 예쁘다.

사랑하는 사람을 가슴에 담고 살면서
예쁘지 않은 이가 어디 있을까.

너를 보고 있는
내가 참 예쁘다.
네가 없던 어제보다 오늘 더 예쁘고

너와 함께 걸어갈 내일은 더 예쁠 것이다.

　너를 만나기 전에는
　내가 이렇게 예쁜 사람인 줄 몰랐다.
　내가 이렇게 향기로운 사람인 줄 미처 몰랐다.

너의 눈빛이 나에게 머물러서 예쁘고
너의 숨결이 내 영혼에 새겨져서 더 예쁘다.
너와 함께하는 인생은 얼마나 예쁠까.
설레는 내 마음이 세상에서 가장 예쁘다.

세상이 온통 너

아픈 나를
손잡아준 것도 너였고
슬픈 나를
달래준 것도 너였다.

세상 끝까지
가져갈 이름도 너고
세상 끝에서
불러야 할 노래도 너다.

내게서 네가 사라지는 날,
그날은 바로
내 마음의 등불이 꺼지는 날이다.

진정 사랑한다면

울지 마라.
사랑은
외로움과 어깨를 나란히 하는 일이다.

외로움을 감수할 수 없다면
사랑할 자격도 내려놓아야 한다.

사랑이 깊어지면
밀려오는 파도처럼
그리움이 부서져 가슴에 쌓인다.

사랑이 깊어지면
눈 내리는 밤처럼
마음이 새하얗게 그리움에 젖는다.

사랑은 달콤함 속에
쓰디쓴 눈물을 감추고 있다.
사랑은 여린 꽃잎 아래
뾰족한 가시를 감춘 장미와 같다.

그러므로 사랑한다면
외로움까지 사랑할 각오가 되어야 한다.
진정 사랑한다면
상대의 단점과 상처까지 보듬을 수 있어야 한다.

그리운 얼굴

달빛 아래 앉아
너의 얼굴을 그려보았다.

멀리 있지만
더없이 가까이
마음 깊은 곳에서 맴도는 얼굴.

그림 위에
눈물이 떨어지고
얼룩진 그림 위에 또 눈물이 떨어진다.

어둠이 밀려와
가슴은 더욱 시리고
마음 깊은 곳에 달빛처럼 떠오르는 얼굴.

완성할 수도 없고

완성해서도 안 되는 그림을

혼자서 그렸다 지우고, 지웠다 또 그렸다.

내 곁에 있을 때

한 번 더

사랑한다 말할걸 그랬다.

곁에 있어도 그리워

멀리 있어야만
그리워지는 줄 알았다.

멀리서 마음을 애태우는 것만이
그리움이라 믿었다.

그런데 당신이 곁에 있어도
당신이 그리워 마음이 붉게 충혈되는 나.

마음에 돋아나는 그리움을 어찌할 줄 몰라
당신의 마음을 파고들기만 하는 나.

당신이 그리워 눈물이 나는 건
당신보다 내가
당신을 더 많이 가진 까닭일까.

당신이 곁에 있어도

당신을 그리워하는 나를

당신이 조금만 더 깊이 바라봐줬으면 좋겠다.

네 생각

비가 내려도 네 생각
눈이 쏟아져도 네 생각

네 생각에 웃고
네 생각에 운다.

밥을 먹으면서도 네 생각
화장실에 앉아서도 네 생각

네 생각에 하루가 오고
네 생각에 하루가 간다.

길을 걸을 때도 네 생각
친구를 만날 때도 네 생각

네 생각으로 잠이 들고

네 생각으로 눈을 뜬다.

꽃이 필 때도 네 생각
단풍이 산을 덮을 때도 네 생각

나는 온통,
네 생각뿐이다.

날마다 밤마다

나는
날마다 설레고
밤마다 꿈을 꿉니다.
당신을 처음 본 순간부터 감격이었고
지금 이 순간까지 감동입니다.

세상에 태어나 가장 행운인 건
당신을 만난 것이고
세상에 태어나 가장 잘한 일은
당신을 사랑하게 된 것입니다.

당신도 그랬지요.
날마다 보고 싶고
밤마다 그리워서 눈물이 난다고.
나를 처음 본 순간부터 사랑했고
지금 이 순간까지 사랑하고 있다 했지요.

세상에 태어나 가장 기쁜 일은

나를 만난 것이고

세상에 태어나 가장 행복한 일은

나와 사랑하는 것이라고 했지요.

나와 당신은

날마다 향기롭고

밤마다 달콤하게 꿈을 꿉니다.

처음 본 순간부터 설렜던 우리는

지금 이 순간까지 서로를 마음에서 놓은 적 없습니다.

깊은 사랑

너를
놓아줄 자신이 없다.

너 때문에
나는 너무 깊이 아파버렸다.

너도 나처럼
죽도록 아팠으면 좋겠다.

나 없으면 너도 없다고
나에게 미쳐버렸으면 좋겠다.

눈을 보면 알 수 있어요

흔들리는 꽃잎을 보면

바람의 방향을 가늠할 수 있듯

눈빛을 보면

보이지 않는 마음을 읽을 수 있지요.

사랑이 가득한 눈빛은

어둠 속에서도 별처럼 빛나지만

아픔으로 힘겨운 눈빛은

햇살 속에서도 비구름이 가득하지요.

하늘을 보면

오늘의 날씨를 짐작할 수 있듯

눈빛을 보면

당신의 마음을 알 수 있지요.

당신이 나를
얼마나 간절히 원하고 있는지
내가 당신을
얼마나 깊이 간직하고 있는지

사랑하는 이의 눈을 보면
사랑의 깊이를 알 수 있지요.

그런 밤이다

너의 창문을 두드리고 싶은 밤이다.
별빛처럼 속삭이면서
너에게 내 뛰는 심장을 주고 싶은 밤이다.
오늘 하루 무슨 빛깔과 놀았고
무슨 빛깔과 싸웠는지 속삭이고 싶은 밤이다.
오늘 하루 무슨 일로 웃었고
무슨 일로 울었는지 말하고 싶은 밤이다.

너의 창문을 활짝 열고 싶은 밤이다.
달빛처럼 속삭이면서
너에게 내 달콤한 마음을 주고 싶은 밤이다.
너로 인해 내가 찬란해졌음을 보여주고 싶은 밤이다.
너로 인해 나의 하루가 얼마나 반짝이는지,
너로 인해 나의 하루가 얼마나 기대되는지
고백하고 싶은 밤이다.

너의 창문을 넘어가고 싶은 밤이다.

밤의 경계를 넘어

내 마음에 문신처럼 새겨진 너와 속삭이고 싶은 밤이다.

너에게 내가 얼마나 중독되었는지,

그래서 내가 얼마나 설레는지 말하고 싶은 밤이다.

사랑이 사람을 얼마나 미치게 하는지

증명하고 싶은 밤이다.

한 번만 안아달라고 울고 싶은 밤이다.

너의 마음을 넘어가

너의 영혼으로 흘러가고 싶은 밤이다.

나는 너에게 빠졌다고

너도 나에게 빠졌으면 좋겠다고

소리치고 싶은 밤이다.

나를 알게 한 너

너를 알고
내 심장이 뛰는 것을 알았다.

내 마음속에
무수한 별들이 반짝이는 것을 알았고
수많은 새들이 노래하는 것을 알았다.

너를 몰랐을 때는
내 가슴속에 이렇게
향기로운 꽃들이 피어 있는 것을 몰랐고
수많은 노래가 나를 위해 만들어졌다는 것을 몰랐다.

너를 알고
내 마음이 영롱하다는 것을 알았다.

네 눈빛 속에 이렇게
무수한 꽃들이 피어 있다는 것을 알았고
꽃의 이름이 헤아릴 수 없이 많다는 것을 알았다.

네 눈빛을 보고
너도 나처럼
사랑의 꽃밭을 가꾸고 있다는 것을 알았다.

사랑이란 그런 것

사랑이란
못난 마음을 예쁘게 다시 수놓는 것이다.
그 사람의 치명적인 단점도
보듬을 수 있는 따뜻함이 샘솟는 것이다.

사랑이란
마음이 별빛처럼 반짝거리는 것이다.
그 사람을 떠올리기만 해도
영혼이 태양처럼 환해지는 것이다.

사랑이란
힘들고, 어렵고, 버거운 것들을 참는 게 아니라
함께 느끼고, 함께 나누고, 함께 눈물짓는 것이다.
그 사람의 눈빛이 흔들리는 것만 봐도
온몸으로 끌어안고 함께 눈물 흘리는 것이다.

사랑이란

모든 순간을 그 사람과 함께하고 싶은 것이다.

보고 있어도 그립고, 보고 있어도 생각나서

그 사람의 마음속에 머무르고 싶은 것이다.

사랑이란

마음이 봄볕에 안긴 꽃잎처럼 피어나는 것이다.

그 사람을 가졌을 때

벅찬 감동으로 눈물이 빗물처럼 쏟아지는 것이다.

유치해도 괜찮아

사랑은
유치해도 괜찮아요.
어색하다고, 부끄럽다고, 자존심 상한다고
하고 싶은 말, 하고 싶은 행동을 참지 말아요.

사랑은
유치하기 때문에 아름답고
유치하기 때문에 예쁜 거예요.

좋아하면 좋아한다고
보고 싶으면 보고 싶다고 진심을 전하세요.

사랑은
유치할 때 가장 예쁘고
유치할 때 가장 반짝이는 거예요.

닭살 돋는 사랑 표현도
사랑에 미치는 것도 한때입니다.

사랑은
유치할 때 가장 눈부시고
유치할 때 가장 향기로운 거예요.

너라는 꽃

꽃집 앞을 지나는데
네 생각이 났다.

꽃보다 예쁜 너에게
꽃을 선물하고 싶었다.

콧노래를 부르며
꽃을 사는 나.

꽃을 사는 내 모습도 좋지만
꽃을 받는 네 모습은 천사 같겠지.

꽃다발을 가슴에 안고 너에게 갈 때
나도 모르게 뛰고 있었다.

꽃보다 네가 예쁘다고 말하고 싶어서,
사실은 네가 너무 보고 싶어서.

너에게 꽃을 선물하면
너는 한 송이 꽃이 되어 내게 오겠지.

너라는 꽃,
평생 내 가슴에 피어 있으면 참 좋겠다.

나를 원하는 방식

나를 위해
많은 것을 해줄 수 있는 사람보다
나를 위해
많은 것을 버릴 수 있는 사람을 만나세요.

사랑은 조건이 아니라
서로에 대한 간절함입니다.

나를 위해
내가 좋아하는 것을 해주는 사람보다
나를 위해
내가 싫어하는 것을 하지 않는 사람을 만나세요.

그 사람은 어떤 어려움이 닥쳐도
사랑의 힘으로 나를 지켜줄 사람입니다.

나는 네가 좋다

나는 네가 좋다.
이유 없이 좋다.

눈물이 날 만큼 좋고
마음이 저릴 만큼 좋다.

너도 그럴까.
너도 내가
이유 없이 좋을까.

나밖에 안 보일 만큼
중독된 듯 좋을까.

나는 네가 좋다.
정신을 차리기 힘들 만큼 좋다.

어쩌면 나는 너에게
미친 게 아닐까.

너도 나에게
미쳤으면 좋겠다.

우리 서로에게 미치면
사랑은 얼마나 황홀할까!

이별도 사랑이에요

괜찮아요.
이별도 사랑이에요.
너무 상심하지 말아요.

눈물나도 괜찮아요.
그냥 웃으면서 보내주세요.

사랑할 수 있어서 행복했다고
사랑했던 시간은 아름다웠다고
인사를 건네세요.

아름답게 이별해야
예쁜 사랑이 또 찾아와요.

괜찮아요.
그 사람을 보낸다고
사랑이 아주 끝나는 게 아니에요.

만남이 있으면 이별도 있고
좋은 이별이 있으면 좋은 사랑도 있어요.

괜찮아요.
이별은 또 다른 사랑의 시작이에요.

온전한 사랑이란

많은 것을 받으려 하지 말고
많은 것을 줄 수 있어야 해.

사랑은 부탁이 아니라
영혼으로 하는 것.

애걸복걸해서 사랑을 받는다 한들
결코 행복할 수 없어.

많은 것을 포기하라 하지 말고
많은 것을 포기할 수 있어야 해.

사랑은 강요가 아니라
마음으로 하는 것.

감동과 감격의 파도 위에서
하나 되는 순간,
온전한 사랑에 눈물짓는다.

가장 아름다운 사람

사랑받는 사람보다
행복한 사람은 세상에 없습니다.

많이 배운 사람보다
사랑받는 사람이 더 향기롭고
많이 가진 사람보다
사랑받는 사람이 더 빛납니다.

사랑하는 사람보다
예쁜 사람은 세상에 없습니다.

잘생긴 사람보다
사랑하는 사람이 더 영롱하고
잘난 사람보다
사랑하는 사람이 더 찬란합니다.

사랑받을 줄 알고
사랑할 줄 아는 사람보다
아름다운 사람은 세상에 없습니다.

꽉 잡아

너를 사랑해주는 사람을
절대 놓치지 마라.

너보다도 너를 더 아끼고
사랑해주는 사람은 세상에 없다.

너를 최고로 생각해주는 사람을 만나는 것이
세상에서 가장 좋은 사랑이다.

떠나고 나서 후회하지 말고
사랑해줄 때 잘해라.

목숨까지도 주고 싶은 사람이 있다면
절대 놓치지 마라.

가장 소중한 것을 주고 싶은 생각이 든다면
그 사람 아니면 안 된다는 것이다.

사랑하는 사람을 놓치는 건
인생 전부를 놓치는 일이다.

당신의 하루

오늘도 당신 눈앞에
예쁜 풍경이 펼쳐지면 좋겠습니다.

따스한 햇살 아래 아름다운 꽃밭이 펼쳐지듯
당신의 하루가 향기롭게 피어나면 좋겠습니다.

오늘도 당신 마음에
비단결처럼 고운 일들이 수놓이면 좋겠습니다.

맑은 계곡에 하늘이 내려오듯
당신의 하루에 좋은 사람들이 놀러와
흥겨운 노래를 부르고 춤을 추면 좋겠습니다.

오늘도 당신 귓가에
감미로운 음악이 흘렀으면 좋겠습니다.

기분 좋은 날엔 빗소리도 음악이 되듯
당신의 하루가 기분 좋은 일들로 채워져
당신의 마음을 설레게 해주면 좋겠습니다.

오늘도 당신 입가에
싱그러운 미소가 가득했으면 좋겠습니다.

사랑이 있는 곳에 심장이 뛰듯
당신의 하루가
사랑으로 눈뜨고 사랑으로 잠드는
선물 같은 하루였으면 좋겠습니다.

내 안의 그대

그대를 보고
꽃을 본 듯 좋아서 마음이 춤을 췄네.
그대를 만나고
꽃을 품은 듯 향기로워서 마음이 달콤해졌네.

그대도 나를 보고
별처럼 아름다워졌다고 말해주면 좋겠는데.
그대도 나를 만나고
호수가 달을 품은 듯 가슴 뛴다고 말해주면 좋겠는데.

그대를 보면
세상을 다 가진 듯 마음이 춤을 추고
그대와 함께 있으면
시간이 멈췄으면 좋겠다고 마음이 울먹이네.

내 안 가득,
나비처럼 춤추는 그대.

내 안에 있는 그대를 볼 수 없어
오늘도 그리움에 젖어
나는 우네.

너를 만나고 나는

너를 만나고 나는 웃음이 많아졌다.
좋아서 웃고, 행복해서 웃고
하늘이 맑아서 웃고, 달빛이 고와서 웃는다.
무엇보다 네가 좋아서 웃음이 멈추지 않는다.

너를 만나고 나는 예뻐졌다.
너는 나의 거울이고, 마음의 향수이고
너는 나의 봄이고, 봄날의 꽃이다.
무엇보다 너의 눈길은 나를 예쁘게 꾸며준다.

너를 만나고 나는 달콤해졌다.
너의 눈빛이 달콤하고, 마음이 달콤하고
너의 살결이 달콤하고, 숨결이 달콤하다.
무엇보다 너라는 환상에 젖어 있을 때 가장 달콤하다.

너를 만나고
내 마음이 반짝거린다.

길을 걸어도 반짝거리고, 비를 맞아도 반짝거리고
어둠 속에 있어도 반짝거리고, 잠을 잘 때도 반짝거린다.
무엇보다 너와 마주 보고 있을 때 가장 반짝거린다.

너를 만나고
내 마음이 포근해졌다.

꽃이 필 때도 포근하고, 낙엽이 질 때도 포근하고
눈발이 쏟아질 때도 포근하고, 그리움이 쌓일 때도 포근하다.
무엇보다 네 품에 안겨 있을 때 가장 포근하다.

모든 것이 기적이다

너를 만난 것도 기적이지만
너를 만나는 순간순간도 기적이다.

오늘 이 순간이
지금 이 순간이
매 순간이 기적이다.

매일매일이 선물이고
하루하루가 기쁨이다.
너는 내게 가장 큰 축복이고
가장 눈부신 행복이다.

내게 유일한 한 사람,
이 세상에 오직 한 사람,
바로 너.

단 한순간도
너라는 환상에
젖지 않은 적이 없다.

너를 기다린다

나뭇가지 위에
봄이 왔다.

비가 와도 좋고
바람 불어도 좋은 봄.

어둠이 내려도 좋고
구름이 달을 가려도 좋은 봄.

내 마음에도
봄 같은 네가 오면 좋겠다.

눈물나도 좋고
그리워서 가슴 태워도 좋은 너.

바라만 봐도 좋고
보고 싶어서 애가 타도 좋은 너.

봄을 기다리듯
나는 너를 기다린다.

그대라는 별

내가 볼 수 있는 곳에
그대 있어라.

눈 감고도 볼 수 있는
내 마음 깊은 곳에 그대 있어라.

별처럼 영롱하게
내 마음을 설레게 하는 그대.

이토록 가슴이 뛰는 건
내 안에 사랑이 숨쉬고 있기 때문이다.

운명 같은 만남만큼
아름다운 사연이 또 있을까.

사랑이라는 이름으로
내 영혼을 반짝이게 하는 그대.

내 명치뼈 위,
그대 항상 거기 있어라.

내가 반짝일 수 있는 건
내 가슴에 그대가 있기 때문이다.

그랬으면 좋겠다

너와 함께 있으면
기분이 참 좋다.

바라만 보고 있어도 좋고
손만 잡고 있어도 좋다.

눈부신 네 웃음이 좋고
영롱한 네 눈빛이 좋다.

너와 통화하면
기분이 참 좋다.

수화기 너머 들려오는 목소리가 좋고
말없이 내뱉는 숨결 소리가 좋다.

나도 너에게
그런 사람이면 좋겠다.

생각만 해도 좋고
보고만 있어도 좋은 사람이면 좋겠다.

목소리만 들어도
숨소리만 들어도 좋은 사람이면 좋겠다.

우리에게 사랑은

네가 기쁠 때 사랑했고
네가 힘들 때도 사랑했다.
꽃이 필 때 사랑했고
꽃잎이 질 때도 사랑했다.

별이 쏟아지는 밤에 사랑했고
별이 지는 아침에도 미친 듯 사랑했다.
햇빛 쏟아지는 거리에서 사랑했고
소나기 쏟아지는 한여름밤에도 사랑했다.

네가 웃고 있을 때 사랑했고
네가 울고 있을 때도 사랑했다.
나뭇잎이 무성히 돋아날 때 사랑했고
눈 내리는 겨울나무 아래에서도 사랑했다.

봄바람이 언 강을 건너올 때 사랑했고
폭풍이 몰아칠 때도 사랑했다.
우리는 처음부터 사랑했고
세상 끝까지 갈 요량으로 사랑했다.

우리에게 사랑은
또 하나의 목숨이었다.

Part 3

오늘 나에게 필요한 말

가랑비에 젖는 슬픔

가랑비가 소리 없이 내렸다.
아무도 몰래 밤을 적셨다.

무슨 사연으로
슬픔을 혼자 감추고 있었나.

차라리 천둥 번개를 치면서
소리쳐 울어버리고 말지.

기척 없이 슬픔을 달랜다는 것은
얼마나 가슴 아픈 일인가.

잔잔한 수면 아래
소용돌이치며 흐르는 강의 밑바닥을
아무도 모르듯

가만가만 내리는 빗방울이

슬픔을 얼마나 깊게 적시는지

아는 이 역시 아무도 없을 것이다.

담담하게 이별하다

미안해할 것 없다.

평생을 함께할 것처럼 왔다가
도망치듯 마음에서 빠져나갔다 해도
나는 아침 햇살처럼 맑게 웃으며
너를 배웅할 수밖에 없다.

아침저녁으로 꽃잎을 옮겨 앉는 나비를
누가 원망할 수 있을까.
향기 따라 움직이는 게 나비의 마음이듯
설렘 따라 가는 게 사람의 마음인 것을.

네가 와 있는 동안
내 마음은 세상에서 가장 예쁜 꽃밭이었다.
너라는 존재만으로도
나는 충분히 아름답고 행복했었다.

아프지 말라고
말하고 싶었지만
눈물이 쏟아질 것 같아
그냥 돌아서고 말았다.

그리운 사람이 있다는 건

울지 마라.
그리운 사람이 있다는 건
세상을 외롭지 않게 살아왔다는 증거다.

와인빛 놀이 번져가는 해 질 녘
시간의 허공에 앉아 있지 마라.

사랑의 뒤편에 서면
상처받지 않은 사람이 없다.

너무 외로워하지 마라.
어쩌면 그리운 사람 있어
삶의 밤하늘이 빛나는지도 모른다.

행복했던 시간은 끊어진 연처럼 허공으로 날아갔지만
색도화지처럼 예쁘게 물든 추억을 선물하지 않았는가.

시간의 그네에 앉아

누군가를 그리워한다는 건

세상을 사랑으로 살아가고 있다는 증거다.

당신을 보내고

허사다.
잊자고, 잊어버리자고
눈물 머금고 다짐한들
문신처럼 새겨진 당신이 사라질 리 없다.

잘못 쓴 글은 지우면 그만이고
잘못 그린 그림은 덧칠하면 되지만
마음에 새겨진 당신은 세월 가도 변하지 않는다.

허공에 새긴 눈길이야
바람이 불면 흩어지겠지만
새하얀 영혼에 새겨진 당신은
그 무엇으로도 지우지 못한다는 것을 이제 알았다.

나는 오늘도

당신을 보내려 애쓰지만

모든 노력은 결국 허사로 돌아갔다.

내 사랑은
　　지옥에 핀 꽃이었네

어느 날에
햇살이 꽃잎을 스치듯
너를 그냥 지나쳐 왔네.

토란잎 위에 떨어진 빗방울같이
네 마음에 스며들지 못하고
너를 그냥 비켜 왔네.

설렘은 마치 비수와 같았네.
무섭고 두려워
마음을 고백하지 못했네.

마음을 숨겨야 하는 현실은
마치 지옥 같았네.

세상에는
이룰 수 있는 사랑보다
이룰 수 없는 사랑이 더 많다는 걸
너를 지나오면서 알았네.

많은 날들이
강물처럼 흘러갔지만
너를 간직했던 시간은 소중히 남아
마음을 따뜻하게 안아주고 있네.

내 사랑은
지옥에 핀 꽃처럼
슬프고도 아름다웠네.

나처럼 너도

너 때문에
홍역 같은 몸살을 앓았다.

나 때문에
너도 그랬을 것이다.

시간이 해결해주리라
막연하게 기대하는 마음.

헤어지는 아픔보다
너를 사랑할 수 있었던
시간이 고마워 울었다.

나처럼
너도 그랬을 것이다.

이별의 슬픔보다
행복했던 순간이 그리워
울었을 것이다.

시련 앞에 선 그대에게

힘든 일이 생겼다고
걱정하거나 좌절하지 말아요.

걱정한다고 해결될 리 없고
피한다고 사라질 리 없어요.

폭풍우가 자연의 일부이듯
시련도 꿈의 일부입니다.

시련을 회피하지 마세요.
고난이 기회가 되듯
시련도 빛이 될 수 있어요.

나쁜 일이 생겼다고
아파하거나 절망하지 마세요.

아파한다고 누가 봐주지 않고
절망한다고 누가 다독여주지 않아요.

어둠이 빛의 일부이듯
역경도 희망의 일부입니다.

원수를 사랑하듯
시련과 역경을 사랑하면
내면은 단단해지고 세상은 말랑해질 거예요.

온기가 남아 있을 때

어차피 헤어질 거라면
온기가 조금이라도 남아 있을 때 헤어져요.

사랑이 조금이나마 남았을 때 헤어지면
작은 행복을 서로 빌어줄 수 있을 것 같아요.

사랑도, 정도 모두 떨어진 후에 헤어지면
사랑의 기억을 떠올리는 일조차 싫어질 수 있어요.

티끌만 한 애정까지 사라진 후 헤어지면
사랑의 시간마저 부정하게 될 수도 있어요.

사랑을 끝까지 아름답게 지키는 길은
온기가 남아 있을 때 헤어지는 거예요.

사랑에 대한 예의를 지켜 이별하면

그 기억은 살아가는 동안

마음에 따뜻한 등불이 될 거예요.

마음의 성질

사람의 마음은
한번 상처받으면 좀처럼 회복되지 않아요.

찢어진 종이를 다시 붙일 수 없듯
상처받은 마음을 없었던 일로 할 수는 없어요.

사람의 감정은 종이보다 얇고 잘 찢어져서
한번 상처받으면 원래대로 돌아갈 수 없어요.

깨진 유리 조각을 붙일 수 없듯
한번 산산조각 난 마음은 되돌릴 수 없어요.

사람의 감정은 유리보다 투명하고 맑아서
한번 얼룩지면 쉽게 지워지지 않아요.

사람의 마음은 세상에서

가장 따뜻하고 포근한 곳이기도 하지만

가장 무서운 흉기를 보관하는 창고이기도 해요.

잊지 마라

살다 보면
견디기 힘든 아픔과 슬픔이 닥칠 때가 있다.

그러나 잊지 마라.
노래도 슬픔이 묻어날 때 감동이 오고
꽃잎도 바람에 흔들리며 필 때 더 아름답다는 것을.

세상 모든 살아 있는 것들은
아픔과 슬픔 속에서 빛난다는 것을.

살다 보면
울고 싶을 만큼 외롭고 절망스러울 때가 있다.

그러나 잊지 마라.
어둠이 있어야 빛이 존재하고
그윽한 향기에도 그리움이 서려 있다는 것을.

호수도 빗방울 속에서 깊어지고

별빛도 바람의 마찰 속에서 더욱 빛난다는 것을.

절대 잊지 마라.

낮과 밤 사이에 과일이 익어가듯

웃음과 눈물 사이에서 삶이 익어간다는 것을.

눈물은 나의 힘

"괜찮다, 괜찮다" 해도
괜찮지 않을 때가 있다.

하늘이 무너진 것처럼
절망이 밀려올 때가 있다.

가슴을 치면서 울어도
더 큰 소리로 울음이 터질 때가 있다.

"괜찮다, 괜찮다" 해도
숨이 쉬어지지 않을 때가 있다.

아무리 밤하늘을 올려다봐도
아주 작은 별빛 하나 찾을 수 없을 때가 있다.

아무리 눈을 크게 뜨고 살펴봐도
좁은 길 하나 보이지 않을 때가 있다.

내 곁에서 나를 지켜주는 건 눈물뿐
세상에 눈물만큼 따뜻한 사랑이 있을까!

전하지 못한 말

시간이 많은 줄 알았습니다.
그래서 나중에 말하자고 생각했습니다.
시간이 기다려줄 줄 알았는데
시간은 당신을 순식간에 데리고 가버렸습니다.

부끄러워서 사랑한다 말하지 못하고
쑥스러워서 감사하다 말하지 못했습니다.
익숙하지 않아서 보고 싶다 말하지 못하고
너무 가까워서 그립다 말하지 못했습니다.

마음이 시키는 대로
당신을 안고 눈물이라도 실컷 흘릴걸 그랬습니다.
당신 마음 아플까 봐
당신 앞에서는 눈물 한번 흘리지 못하고
당신과 헤어져 돌아오는 길에 혼자 소리 내 울었습니다.

당신과의 인연은 눈물과 아픔으로 점철되었지만
당신의 아들로 살 수 있어서 행복했습니다.
당신과의 인연은 고난의 굴레를 벗어나지 못했지만
당신이 내 어머니여서 참 좋았습니다.

지독한 가난과 싸우느라 죽도록 고생만 하신 당신에게
잘 살아오셨다고, 수고하셨다고 말하고 싶습니다.
자식들에게 해준 게 없다고 늘 마음 아파한 당신에게
온전한 몸과 마음을 물려준 것만으로도
감사하다고 말하고 싶습니다.

모진 풍파를 함께 견디고
슬픔을 함께 참았던 당신이기에
더 자주, 더 깊이, 더 오래 그립습니다.

주린 배를 달래며 배고픔을 함께 인내하고
눈물을 머금고 아픔을 함께 달랬던 당신이기에
더 그립고, 더 보고 싶고, 더 생각이 납니다.

힘들고 지쳤을 때
'엄마'를 불러봅니다.

'엄마'는
세상에서 가장
따뜻한 위로이기 때문입니다.

유유히 가라

세상 모든 사람들이 나를 좋아할 수는 없다.
그러니 누군가가 나를 싫어해도 신경 쓰지 마라.

세상 모든 사람들이 나와 맞을 순 없다.
그러니 누군가와 마음이 맞지 않더라도 신경 쓰지 마라.

세상 모든 사람들과 좋은 관계를 맺고 살면 좋겠지만
그렇지 않다고 해도 마음에 담아두고 고민할 필요가 없다.

사람 때문에 상처받지 마라.
인연이 아니라면 가벼운 웃음으로 지나쳐라.

눈에 담지도, 귀에 담지도, 마음에 담지도 마라.
바람처럼 구름처럼 지나가게 내버려둬라.

평생 보지 않겠다고 악담하지도 마라.
그저 봄길을 가듯 그냥 지나가라.

누가 나를 싫어하거나 미워한다고 신경 쓰지 마라.
흘러가는 강물을 붙잡지 않듯 그냥 흘려보내라.

누가 뭐라 해도
나의 길을 유유히 가면 된다.

이별한다는 건

손톱 밑에 조그마한 가시만 박혀도
못 견디게 아리고 아픈데
사람한테 상처받은 마음은 얼마나 힘들까!

사람이 무섭고
사랑이 겁날 것이다.

다시는 사람을 만나지 못할 것처럼 두렵고
두 번 다시 사랑하지 못할 것처럼 슬플 것이다.

하지만 사람에게서 너무 멀리 도망치지 마라.
결국 사람이 나를 사람답게 하고
결국 사랑이 나를 일생 동안 지켜줄 것이다.

산다는 건
이별하는 것이고
이별한다는 건
또 다른 사랑을 꿈꾸는 것이다.

마음에 상처가 나면

살면서 가장 슬플 때는
마음이 아플 때입니다.

몸이 아플 땐 병원에 가면 되지만
마음이 아플 땐 갈 곳이 없거든요.

살면서 가장 슬플 때는
마음이 무너질 때입니다.

하늘이 무너져도 솟아날 구멍은 있는데
마음이 무너질 땐 속절없이 매몰되거든요.

살면서 가장 슬플 때는
마음에 상처가 남을 때입니다.

몸에 남은 흉터는 어떻게든 없앨 수 있지만
마음에 남은 흉터는 그 무엇으로도 지워지지 않거든요.

눈에 보이는 상처는 치료하면 되지만
눈에 보이지 않는 상처는 혼자 감내해야 하거든요.

힘든 시간이 지나면

포기하지 말고
힘차게 살아요.

사람은 누구나
외롭고 힘든 시간을 겪기 마련이에요.

조금 더 웃고
조금 더 인내해요.

끝까지 나를 놓지 말고
끝까지 나를 지켜요.

사랑이 있으면
어떤 어려움이 닥쳐도 극복할 수 있어요.

외롭고 힘든 시간이 지나면
새봄처럼 다정하게
좋은 날이 찾아올 거예요.

오늘 나에게 하고 싶은 말

괜찮다.
눈물나도 괜찮고
마음 아파도 괜찮다.

눈물이 나는 건
그리움이 남아 있기 때문이고
마음이 아픈 건
사랑이 남아 있기 때문이다.

눈물이 나면 눈물을 흘리고
그리우면 그리워해도 좋다.

다만 너무 오래 울지 말고
너무 깊이 아파하지 마라.
남아 있는 그리움을 위해
못다 한 사랑만을 기억해라.

나에게 미안하지 않게

스스로를 포근하게 감싸줘라.

나를 사랑하는 마음만 있다면

세상을 따뜻하게 살아갈 수 있다.

정들면 눈물

계곡물은 흘러가기 쉽지만
호수에 고인 물은 흐르기 힘듭니다.

사랑도 마찬가지입니다.
화려하게 피어나는 사랑은 빛바래기 쉽지만
소리 없이 쌓이는 정은 변질되지 않습니다.

그래서 사랑의 기쁨보다 이별의 아픔이 더 크고
사랑의 시간보다 이별의 시간이
더 깊이 자리 잡는 것입니다.

마음에서 정을 끊어낸다는 건
세상에서 가장 잔인한 일입니다.

사랑은 기쁨이지만
정들면 눈물입니다.

상심하지 마라

눈물이 없다면
인생이 아니다.

새벽녘이면
들판의 꽃잎도 이슬에 젖고
비가 내리면
천지가 비를 맞고 흐느낀다.

아픔을 딛고 일어서지 못하면
꿈꿀 자격이 없다.

저물녘이면
그리움을 안고 놀도 벌겋게 물들고
어둠이 밀려오면
별빛도 어둠을 딛고 반짝반짝 일어선다.

이별이 없다면
사랑이 아니다.

너무 상심하지 마라.
아픔이 있어야
기쁨도 느끼는 법이다.

이럴 줄 알았더라면

이럴 줄 알았더라면
많이 웃어줄걸 그랬다.

실수해도 다독이며 웃어주고
부족해도 박수치며 웃어주고
따뜻한 바람에 활짝 피는 꽃처럼 웃어줄걸 그랬다.

이럴 줄 알았더라면
많이 안아줄걸 그랬다.

사랑한다고 안아주고
내 생애 단 한 사람이라고 안아주고
호수가 물고기를 품듯 깊이 안아줄걸 그랬다.

이럴 줄 알았더라면
손이라도 많이 잡아줄걸 그랬다.

길을 걸을 때도 손을 꼭 잡아주고
오르막을 오를 때도 손을 힘껏 잡아주고
눈이 펄펄 내리는 뜨락에서도
따뜻하게 두 손 잡아줄걸 그랬다.

이럴 줄 알았더라면
사랑한다는 말을 많이 해줄걸 그랬다.

시간 날 때마다 사랑한다 말해주고
눈 마주칠 때마다 또 사랑한다 말해주고

　　네 마음에 사랑이란 글자가 아로새겨지도록
　　사랑한다는 노래를 불러줄걸 그랬다.

지금 와서
아무리 후회해도 소용없고
마음 아파서 눈물만 난다.

그 사람만이 아는 것

혼자서
길을 걸어보면 안다.

별이 내 가슴에서
얼마나 따뜻하게 빛나고 있는가를.

어둠 속에 누워
밤새도록 꿈꿔보면 안다.

사람이 살면서
얼마나 큰 희망을 안고 살아야 하는가를.

혼자서
긴 밤을 걸어본 사람은 안다.

세상에서 가장 빛나는 별은

가슴에 흐르는 눈물이라는 것을.

너 없이 나는

너 없이
오늘도 나는 잠을 자고
너 없이
오늘도 나는 밥을 먹었다.

길 위에서
햇볕을 봤지만
햇볕 속에 너는 없었고
어둠 속에서
달빛을 보며 걸었지만
달빛 속에 너는 없었다.

너 없이
오늘도 나는 숨을 쉬고
너 없이
오늘도 나는 꽃구경을 했다.

꽃잎 위에서
나비를 봤지만
네 생각이 나지 않았고
꽃향기를 맡으며
눈을 감았지만
네가 보고 싶지 않았다.

눈물이 나는 건
햇살이 너무 눈부셨기 때문이고
마음이 아픈 건
꽃잎이 너무 예뻤기 때문이다.

어느, 어느 날

그런 날이 있었습니다.

내가 외로워지면
그대가 나의 꽃이 되어주고
그대가 눈물지으면
내가 그대의 손수건이 되겠다고
서로에게 맹세한 날이 있었습니다.

어느 날
우리가 가꾸어온 사랑의 길,
그 길 위에 어둠이 밀려왔습니다.
나는 그만 그대 손을 놓치고 말았습니다.
그렇게 우리는
서로를 떠나보내게 되었습니다.

어쩌면

사랑했기 때문에

구름에 달 스쳐가듯

그렇게 스쳐왔는지도 모르겠습니다.

어쩌면

그대 마음 아플까 봐

바람이 꽃잎을 지나가듯

그렇게 지나왔는지도 모르겠습니다.

어느, 어느 날

아득한 그 어느 날,

그대 안부가 문득 궁금해지면

나는 노을 진 창가에 앉아 추억에 눈물짓겠지요.

그대 이름 내 입술에 고요히 물들겠지요.

아픔 없는 눈빛은 없다

상처에
무너지지 마라.

세상에
상처 없는 웃음이 어디 있고
아픔 없는 눈빛이 어디 있을까.

영롱하게 빛나는 아침 이슬도 상처를 숨겼고
화사하게 흩날리는 봄 꽃잎도 아픔은 있다.

그래도 아침은 우렁차게 밝아오고
그래도 봄은 예쁘게 오지 않던가.

선박이 밧줄에 매여 있으면
성난 파도로부터 안전한 대신
선박의 기능은 상실하게 되듯

사람도 자연으로 돌아가 흙의 일부가 되면
상처 한 점 받지 않겠지만
그 삶은 이미 종지부를 찍은 것이다.

　　살아 있기 때문에 상처도 받고
　　꿈이 있기 때문에 역경도 만나는 법이다.

상처도 웃으면서 넘기면 좋은 추억이 되고
눈물도 잘 흘리면 큰 힘이 된다.

가야 할 때

가라,
가라고 했죠.

우리가 만나
이렇게 뼈아픈 눈물을 쏟을 바에야
서로의 마음을 차라리 놓아버리자 했죠.

어차피 세상은
영원으로 묶어놓을 수 없으니

가야 할 때를 알고
각자 갈 길을 가자고 했죠.

억지로 마음을 붙잡는다고
계속 이어질지 알 수 없는 일.
억지를 부리면
오히려 더 큰 눈물이 가슴을 적실 거라고.

그런 모진 말을 하면서도
떠나지 못하는 건
당신 없는 나는
의미가 없기 때문입니다.

오늘은 그런 날

오늘은 그냥 슬프고
그냥 마음이 아픈 날

웃고 있어도 우울하고
좋은 생각을 해도 금세 슬퍼지는 날

혼자서 눈물을 닦으며
아무 말 없이 고요에 잠기고 싶은 날

누구와도 말을 섞지 않고
누구와도 눈을 마주치고 싶지 않은 날

마음에는 싸늘한 바람이 불고
귓가에는 구슬픈 멜로디가 맴도는 날

오늘은 아무 생각 없이

깊은 잠에 빠지고 싶은 날

그럼에도

보고 싶다는 네 전화 한 통이면

세상이 다시 반짝일 것 같은 그런 날

마음과 다른 말

"잘 가"라고 말하고 싶었지만
그냥 "아프지 마"라고 했습니다.

잘 가라고 하면
내 마음에서 아주 끊어내는 것 같아서
차마 그렇게 말하지 못했습니다.

"그리울 거야"라고 말하고 싶었지만
"옷 따뜻하게 입고 다녀"라고 했습니다.

미련이 남았다는 걸 보여준다면
당신도 마음이 미어질 것 같아
차마 그 말은 하지 못했습니다.

"사랑했다"라고 말하고 싶었지만
그냥 "고마웠다"라고 했습니다.

한 사람을 마음에서 끊어낸다는 건
생살을 잘라내는 아픔이었습니다.

"행복했다"라고 말하고 싶었지만
그냥 울고 말았습니다.

지독한 슬픔

눈물 위에
눈물이 고였다.

고인 눈물을 비우려고 깜빡거리는 눈에서
또 눈물이 떨어졌다.

슬픔이 슬픔을 몰고 올까 봐
눈에 힘을 주고 말았다.

실핏줄이 터졌는지
눈에서 피눈물이 흘렀다.

새하얀 영혼에
문신처럼 새겨진 너,

피눈물을 흘려도

너를 사랑했던 시간은 지워지지 않는다.

사랑을 떠나보낸 당신에게

부디,
마음을 좀 진정시켜요.
운다고 돌아올 사랑이면
애초에 떠나지도 않았을 거예요.

괜찮아요.
이미 준 사랑은 잊어버리고
앞으로 줄 사랑만 기억해요.

사랑으로 잃은 것은
사랑으로 다시 피어날 테니
너무 상심하지 말아요.

당신의 마음에 눈물이 샘솟는 건
다시 사랑이 싹트고 있다는 증거예요.

용서

그래, 털어버리자.
혼자서 미워한들
나만 힘들고 상처받는 것을
무엇 때문에
영혼까지 피폐해지도록
미워하는 마음을 간직하겠는가.

웃으면서 살아도 짧은 세월이다.
사람을 미워하며 산다는 건
스스로를 불행에 빠뜨리는 일이다.

그래, 부질없는 짓이다.
눈물 흘리면서 혼자 미워한들
아무 소용없는 일이다.
마음의 무게만 더해질 뿐이고
상처만 적막하게 깊어질 뿐이다.

미움받는 사람보다
미워하는 사람의 마음이 더 황폐한 것을
무엇 때문에
스스로 불행을 쌓아가며
미운 사람을 마음에 담아두고 되뇌는가.

그래, 인생은 그런 것이다.
눈물 흘리면서 용서하는 것이다.
당장은 내가 조금 손해 보는 것 같아도
오히려 내가 더 큰 이득을 보는 것이다.

용서란 그런 것이다.

Part 4

인생은 그런 것이다

꿈은 절망 속에서 자란다

절망할 것 없다.
길 위에 어둠이 내리고
비바람이 가세한다 해도 두려워할 것 없다.

빛은 어둠 속에서 더 빛나고
희망은 절망 속에서 더 간절해진다.

넘어져 눈물 흘린 자리가
짚고 일어서야 할 자리라는 걸
알고 있는 사람의 꿈은 얼마나 아름다운가!

무릎 꿇지도 말고
쉽게 나약해지지도 마라.
위기를 피하지 말고
겁먹지도 마라.

위기는
너의 좋은 친구가 되어
너를 구해줄 것이다.
희망을 걸고
위기와 의기투합해보라.

사람은 눈물 속에서 빛나고
꿈은 절망 속에서 더 크게 자란다.

내 생애 가장 뜨거웠던 날

오지도 않은 미래를 걱정하느라
우울에 빠진 적이 있다.

불확실한 장래가 두려워
밤새도록 흐르는 강물처럼 잠 못 이룬 적이 있다.

어둠이 겹겹이 쌓인 지하 단칸방에 엎드려
절망을 부둥켜안고 눈물을 글썽이던 젊은 날.

차가운 눈물로 암울한 밤을 보내면서
세상에서 가장 무서운 것이 좌절임을 알았다.

꿈꾸고 노력하지 않으면
미래가 없다는 것을 알았고
스스로를 뜨겁게 만들지 않으면
인생을 꽃피울 수 없다는 것을 알았다.

막막한 앞날을 걱정하며
눈물을 머금고 밤을 지새웠던 젊은 날

돌아보면
내 생애 가장 뜨거웠던 날들이다.

울면서 얻은 행복

웃으면서
알지 못한 행복을
울면서 알았다.

찬란한 기쁨의 순간보다
쓰라린 고난의 순간에
삶을 더 깊이 깨달았다.

호수 위에 노니는
백조가 우아해 보여도
수면 아래에서
힘을 다해 발버둥치는 것처럼
나는 살기 위해 몸부림쳤다.

고운 정보다

미운 정이 더 무서웠고

웃으면서 가졌던 행복보다

눈물 속에서 간직한 행복이 더 좋았다.

삶은 상처로 점철되었지만

상처만큼 사랑도 깊었기에

참 행복했다.

내가 나를 몰라주면

살다 보면
내가 내 혀를 깨물 때도 있고
내 손톱으로 내 몸을 할퀼 때도 있다.

별들도 일생을 완벽한 빛으로만 살 수 없고
꽃잎도 일생을 화사한 향기만 피워낼 수 없다.
하물며 사람이 어떻게 인생을 완벽하게 살 수 있을까.

하늘에 계신 신도 완벽하지 않고
자연도 섭리를 깨뜨리고
혼돈과 혼란으로 흔들릴 때가 있다.

살다 보면
의도하지 않은 것들이 나타나 괴로울 때도 있고
예상하지 못한 일들이 마음을 힘들게 할 때도 있다.

그럴 때마다 예민하게 반응하지 마라.
많은 사람들이 그런 상황에서도 잘 살아가고 있으니.

좋지 않은 일이 생겼을 때
눈을 감고 고요히 마음을 여행해보라.
마음의 여백에 앉아 쉬고
아픈 자리가 있으면 오래 머물러보라.

어쩌면
내가 나를 몰라줘서
마음이 작은 일에도 성내는 건지 모른다.

웃어도 웃어도

웃자.
그냥 웃자.
슬퍼도 웃고
속상해도 웃자.

아무 일도 없었던 것처럼 웃고
좋은 일이 생긴 것처럼 웃자.
웃음이 나를 지켜줄 것이고
웃음이 내 인생을 따뜻하게 보듬을 것이다.

운다고 해결될 일이 아니라면
마음껏 웃자.
소중한 내 인생, 눈물로 채우지 말자.

웃고 있어도 눈물이 나면
슬픔이 커지기 전에 그냥 울어버리자.

웃자.
마냥 웃자.
외로워도 웃고
마음에 비가 내려도 웃자.

빗방울 속에서도 피는 꽃잎처럼 웃고
봄바람에 너울거리는 풀잎처럼 웃자.
웃음만큼 좋은 보약은 없고
웃음만큼 인생을 보살펴주는 손길도 없다.

누구나 한 번쯤 넘어지고
눈물 흘리는 게 인생 아니던가!

웃어도 웃어도
아픔이 작아지지 않으면
가슴에 쌓인 아픈 사연을 울음으로 털어버리자.

참 좋은 산책

바람의 냄새가 좋아서
바람을 따라 길을 걸었다.

마음이 나뭇잎처럼 반짝거려서 좋았고
코끝이 꽃잎처럼 향기로워서 좋았다.

비의 냄새가 좋아서
비를 맞으면서 길을 걸었다.

걱정이 빗물에 떠내려가서 좋았고
소리쳐 울어도 빗소리가 덮어줘서 좋았다.

햇살이 좋아서
햇살을 받으며 길을 걸었다.

발걸음이 깃털처럼 가벼워 좋았고
혼자여도 빛날 수 있어서 좋았다.

삶은 허공

허공은
비가 오면 그대로 젖고
바람 불면 부는 대로 흔들립니다.
겨울이 오면 얼어붙고
봄이 오면 꽃잎을 피워냅니다.

허공에 무언가를 채우려고
안간힘 쓰지 말아요.
허공을 어떻게든 채워보려고
욕심부리지 말아요.

아무리 열심히 채워도
바람결에 꽃잎 떨어지듯
한 톨 먼지처럼 사라지는 게
인생입니다.

우리 삶은 그냥
텅 빈 허공일 뿐입니다.
밤이 오면 달이 뜨고
아침해가 어둠을 밀어내는 허공입니다.

텅 빈 허공 같은 삶,
마음이 좀 불편해도
삶이 좀 부족해도
성내거나 욕심내지 말아요.

느리게 가더라도

쉬엄쉬엄 가세요.
앞만 보고 질주하다 보면
조금 빨리 갈지는 모르지만
소중한 것들을 놓칠 수 있어요.

앞으로 걸어갈 날도 중요하지만
걸어가고 있는 오늘이 더 소중하니까요.

마음의 여백을 만들고
그 여백에 풍경을 그리면서
느린 걸음으로 삶을 여행하는 것도 좋은 인생이에요.

세월이 가면
사람은 추억을 먹고 산다고 하잖아요.
'언제 꿈을 이루느냐'도 중요하지만
'어떻게 꿈을 이루느냐'가 더 중요한 거예요.

성급하게 앞만 보고 질주하다 보면
소중한 것들을 잃어버릴 수 있어요.

정상에 빨리 오르는 것만이 최고가 아니라
건강한 몸과 마음이
함께할 때야말로 최고의 삶입니다.

정상에 올랐을 때
이미 몸과 마음이 망가졌다면
정상은 아무 의미가 없는 것입니다.

마음의 밥

꿈은
없어서는 안 될 마음의 밥입니다.

매일 밥을 먹고 몸을 지켜가듯
매일 꿈을 먹고 마음을 지켜가야 합니다.

몸이 노쇠해지는 것보다 더 무서운 것은
마음에서 꿈이 빠져나가는 것입니다.

꿈이 없으면
인생도 없습니다.

꿈이 사라졌을 때
인생은 마지막 문을 걸어 닫는 것입니다.

걱정 많은 너에게

불안해하지 마라.
열심히 최선을 다하고 있으니
모두 잘될 것이다.

　　지나치게 간절하면 집착이 되고
　　집착이 지나치면 걱정이 된다.

걱정은 내가 원하는 것을 이뤄주는 게 아니라
마음을 무겁게 하고 불안만 키울 뿐이다.

적당한 걱정은 사람을 진취적이게 하지만
지나친 걱정은 오히려 꿈을 꺾기도 한다.

내 생각대로, 내 욕심대로 되지 않는다고
우울해하거나 답답해하지 마라.

넘치는 것은 부족함보다 못하다는 말이 있다.
조금 만족스럽지 못해도 상심하지 마라.

부족한 것보다 무서운 건
걱정하며 불안에 떨고 있는 것이다.

무조건 행복하기

인생은
그냥 행복해야 하고
무조건 행복해야 해요.
이유 없이 행복해야 하고
누가 뭐라 해도 행복해야 해요.

험난한 세상에 와서
눈물만 안고 돌아갈 수 없잖아요.
덧없는 삶을 살면서
상처만 받다 돌아갈 수 없잖아요.

인생은
정말 행복해야 하고
별처럼 행복해야 해요.
어둠이 내려도 달빛처럼 행복해야 하고
진흙탕 같은 삶이라 해도 연꽃처럼 행복해야 해요.

행복은 멀리 있는 게 아니라
내 안에 살고 있는 거예요.
행복은 타인이 갖다 주는 게 아니라
내가 스스로 만들어가는 거예요.

사람은
그냥 행복해야 하고
무조건 행복해야 해요.
이유 없이 행복해야 하고
누가 뭐라 해도 행복해야 해요.

행복은
생각과 마음이 빚어내는
세상에서 가장 아름다운 꽃이랍니다.

흐르는 것들

누군가를 손안에 쥐려고 하지 마세요.
손에 넣으려 하는 순간 고통이 시작됩니다.

햇빛도 손에 쥐려 하면 빠져나가고
바람도 손에 잡으려 하면 달아나기 마련인데
어떻게 사람이 남의 손안에 잡혀 살 수 있을까요.

누군가를 소유하겠다는 생각은 버리세요.
세상에 내가 가질 수 있는 것은 아무것도 없습니다.
사랑이라는 이름으로 누군가를
소유하려 한다면 그것은 고통의 시작입니다.

아무리 좋은 것도 보내야 할 때가 있고
아무리 예쁜 것도 웃으면서 지워야 할 때가 있습니다.

세상에 머무는 것은 아무것도 없습니다.
달빛도 흐르고, 강물도 흐르고
인생도 자연의 섭리를 따라 세월 속으로 흘러갑니다.

손안에 움켜쥐려고 하면 상처가 되고
손에서 놓아주면 햇살이 됩니다.
사랑을, 시간을 잡아두려 하지 마세요.

아름다운 삶을 위하여

하늘을 보세요.
새가 날아가고 비행기가 지나가도
하늘에는 흔적 하나 남지 않아요.

사람의 마음도 그랬으면 좋겠어요.
인연이 왔다가 떠나더라도
상처 없이 고운 마음 간직하면 좋겠어요.
마음에 하늘 하나 만들어놓고 산다면
아픈 이별이 지나간다 해도 평온하겠지요.

바다를 보세요.
물고기가 헤엄치고 큰 배가 지나가도
바다에는 자국 하나 남지 않아요.

사람의 마음도 그랬으면 좋겠어요.
시련이 몰아치는 순간은 힘들더라도

시간이 지나면 이슬에 씻은 듯 상처가 사라졌으면 좋겠어요.
마음에 깊고 푸른 바다를 만들어놓고 산다면
어떤 고난이 닥쳐도 삶은 물결처럼 흘러갈 수 있겠지요.

대지를 보세요.
비가 오거나 태양이 타올라도
대지는 사계절을 아름답게 장식하지요.

사람의 마음도 그랬으면 좋겠어요.
눈보라가 몰아쳐도, 어둠이 밀어닥쳐도
자연스런 아름다움을 간직했으면 좋겠어요.
마음에 한 평 정원을 만들어놓고 산다면
대지가 피워 올린 꽃보다 더 아름다운 삶이 피어나겠지요.

시간이라는 묘약

시간은
힘들 땐
느리게 지나가고
행복할 땐
쏜살같이 지나간다.

야속할 정도로
봐주는 게 없다.

그래도 시간만큼
확실한 치료약은 없다.

시간 흐르기에
나는 살아 있다.

울어도 괜찮아요

괜찮아요.
남을 의식할 필요 없어요.
아프면 아프다고 소리쳐도 괜찮아요.

눈물 없이 사는 사람 없고
아픔 없이 사는 사람 없어요.

팍팍한 세상에 뿌리내리고 살아가는 일이
그렇게 호락호락하지 않아요.

살다 보면 속상할 때도 있고
숨쉬기 어려울 만큼 힘들 때도 있어요.

소리 죽여 울지 마세요.
소리 없이 울면 마음이 더 아파요.

괜찮아요.

사랑이 없으면 눈물도 없고

눈물이 없으면 사랑도 없는 거잖아요.

삶은

울면서 힘내는 거예요.

아름다운 균형

아무리 좋은 보약도
과다 복용하면 부작용이 생기듯
지나침은 부족함보다도 못합니다.

열정이 지나치면
욕심이 일어나 몸과 마음이 망가질 수 있고
사랑이 지나치면
집착이 생겨 영혼이 상처받을 수 있고
주관이 지나치면
독선에 갇혀 불통을 초래할 수 있어요.

능력을 과시하다 보면
자만에 빠져 무너지기 쉽고
여유를 부리다 보면
끝없이 게을러져 무엇도 이룰 수 없고
칭찬이 지나치다 보면
착각에 빠져 앞으로 나아갈 수 없어요.

균형 잡힌 길을 간다면
넘어질 일도 없고
남들과 부딪칠 일도 없어요.

균형 잡힌 몸매가 아름답듯
중심을 잃지 않는 삶이 아름답습니다.

그런 날이 있어요

살다 보면 마음에 비바람 치는 날이 있어요.
이유 없이 우울하고 허전한 날이 있어요.

혼자서 조용히 길을 걸어도
마음이 혼란스러울 때가 있어요.
음악을 들으며 따뜻한 커피를 마셔도
마음에 찬바람이 불 때가 있어요.

그래도 걱정 말아요.
사람이라면 누구나 한 번쯤
홍역처럼 겪는 일이에요.

맑은 날이 있으면 비 오는 날도 있듯
사람의 마음에도 날씨가 있거든요.
꽃 피는 날이 있으면 꽃 지는 날도 있듯
인생에도 계절이 있거든요.

눈물을 모르고 살아간다면
기쁨이 어떤 건지도 모르고 살아가겠지요.
슬픔을 모르고 살아간다면
사랑이 어떤 건지도 모르고 살아가겠지요.

살다 보면 마음에 바람 부는 날이 있어요.
쓸쓸하고 허전하여 눈물나는 날이 있어요.
삶이 황량한 사막 같을 때가 있어요.

하지만 신경 쓰지 말아요.
그냥 지나가는 바람일 뿐이에요.
민감하게 반응할 필요가 없어요.

하루에도 낮과 밤이 있듯
마음에도 빛과 어둠이 있을 뿐이에요.

어둠이 짙을수록
별이 더욱 찬란하듯
삶은 눈물 속에서
더욱 빛나는 거예요.

말에 대하여

세상에서 가장
조심해야 할 것이 말입니다.

말이 나를 꽃피우기도 하지만
말이 그 꽃의 목을 꺾기도 하거든요.
말이 나를 최고로 만들기도 하지만
말이 최고의 길을 가로막기도 하거든요.

세상에서 가장 무서운 것이 말이고
가장 아름다운 것도 말입니다.

말을 할 때는 생각을 담아서 하세요.
말을 할 때는 마음을 담아서 하세요.
말을 할 때는 영혼을 담아서 하세요.
말을 할 때는 자신을 온전히 담아서 하세요.

말에 따라 기운도 달라지고
말에 따라 인생도 달라집니다.

말에 상처받으면
인생이 무너지듯 아프거든요.
말에 상처받으면
그 무엇으로도 지울 수가 없거든요.

말을 할 때는 생각을 깊이 머금고 하세요.
말은 내 삶의 뿌리이고 꽃잎입니다.

하루의 평화

하루에 한 번
좋아하는 사람을 생각하세요.
마음이 부드러워져
하루가 온화해질 거예요.

사랑하는 사람 앞에서는
마음이 봄바람처럼 순해지죠.
사랑하는 마음은
아픔과 분노의 감정을 지우는 힘이 있어요.

가끔은 참 좋았던 사람을 머리에 떠올려보세요.
나를 스쳐 지나간 사람이라도 좋아요.
얼굴에 절로 미소가 떠오를 거예요.

진심이 전해지는 인연 앞에서는
마음이 흐뭇해지죠.

좋아하는 마음은
위안과 평화를 전하는 힘이 있어요.

　　좋은 사람을 마음에 간직하고 산다는 건
　　마음에 꽃밭을 가꾸며 사는 것과 같아요.
　　사랑했던 사람을 잊지 않고 산다는 건
　　외롭지 않게 살고 있다는 뜻이에요.

마음에 사랑을 담으면
힘든 일도 웃으면서 넘길 수 있고
분노의 감정도 슬기롭게 조절할 수 있어요.
생각에 좋은 사람을 담으면
눈과 마음이 맑아져 모든 게 좋아 보이죠.

오늘, 나를 사랑할 시간

우리 이제
가슴 뛰는 삶을 꿈꾸기로 해요.

가슴 버거운 인생일지라도
기대하는 삶을 살기로 해요.

지난날의 아픔을 돌아보며 눈물짓고
다가올 미래를 걱정하는 건 나를 힘들게 할 뿐이에요.

지금, 바로 여기에서 나를 사랑하기에도
턱없이 부족한 시간이에요.

우리가 언제 또 여기에 머물 수 있을까요.
지금, 바로 여기에서 행복해지도록 해요.

세월이 많이 남아 있는 것 같아도
나를 사랑할 시간은 오늘뿐이에요.

삶을 어깨에 짊어지지 말고
가슴에 따뜻하게 품어보세요.

지나치게 욕심부리기 때문에
생채기가 나고 무거워지는 거예요.

어느 힘든 날에

그래그래,

인생이란 그런 거지.

힘들다, 힘들다 하면서도 포기할 수 없는 거지.

눈물난다, 눈물난다 하면서도 절망할 수 없는 거지.

그래그래,

인생이란 그런 거지.

뜻대로 되는 듯하다가도 어느 순간 불안해지는 거지.

잘 살아가다가도 가끔은 그냥 눈물이 나는 거지.

그래그래,

인생이란 그런 거지.

나는 참 괜찮은 사람이다, 하면서도

늘 부족하단 생각이 드는 거지.

세상에서 내가 최고다, 하면서도

울면서 새로운 도전을 꿈꾸는 거지.

그래그래,

인생이란 그런 거지.

어차피 혼자다 인정하면서도

마음은 빈집처럼 쓸쓸한 거지.

가끔은 혼자가 서러워 남몰래 눈물을 훔치는 거지.

그래그래,

인생이란 그런 거지.

사람에게 상처받으면서도

사람을 그리워하며 사는 거지.

사랑에 눈물 흘리면서도

설레는 사랑에 젖어 사는 거지.

사랑이 아픈 당신에게

하루에도 아침저녁으로 기온이 다르듯
사람의 마음도 시시각각 온도가 달라져요.

아침에 햇살이 비치다가도
오후가 되면 빗방울이 떨어지듯
사람의 마음도
이유 없이 맑았다 갰다 할 수 있어요.

하늘에 구름이 떠다니듯 가끔은
마음에 우울이 둥둥 떠다녀도 괜찮아요.

중요한 것은
바람이 바람을 몰고 다니듯
우울이 우울을 이끌고 다니는 거예요.

맑은 날이 있으면 비 오는 날도 있듯
웃는 날이 있으면 눈물나는 날도 있어요.

당신의 마음에 사랑이 살고 있기 때문에
흐르는 강물처럼 눈물이 출렁이는 거예요.

보석은 어둠 속에서
빛을 만났을 때 더욱 찬란하고
사랑은 아픔 속에서
더 깊고 단단해지는 거예요.

마음을 박살 낼 듯한 슬픔이 몰아쳐도
시간은 당신의 마음속에
성숙한 사랑을 심어줍니다.

웃는 얼굴

얼굴은 영혼이 스며 있는
마음의 거울입니다.

언제 봐도 기분 좋고
누가 봐도 유쾌하게 웃어요.
남을 기분 좋게 하는 일은
결국 나를 좋게 만드는 일입니다.

누가 나에게 실수를 하거나
시비를 걸어와도 웃으면서 넘겨요.
웃는 얼굴에 침 뱉지 못하고
웃는 얼굴에 욕하지 못해요.

이왕이면 마음까지 활짝 웃어요.
눈은 꿈을 비추는 불빛이고
입은 복을 담는 그릇입니다.

눈이 영롱하게 빛나도록 웃고
입이 초승달 모양이 되도록 웃어요.
기분이 좀 나빠도 웃고
힘든 일이 있어도 웃어요.

웃으면
좋은 기운이 몰려와
좋은 일을 만들어줍니다.

지혜롭게 사는 법

바람이 불 땐
바람을 거슬러 달리려 하지 말고
몸을 낮추고 잠시 기다려요.
바람이 멈추면
그때 일어서도 늦지 않아요.

폭풍이 몰아칠 땐
선박들도 항해를 멈추고
항구로 들어와 바람을 피하잖아요.

서둘러 가려 하면
바람과 맞설 수밖에 없고
바람과 맞서다 보면
넘어지거나 상처 입거나 지칠 수 있어요.

앞만 보고 가려 하면
많은 것을 잃을 수밖에 없고
눈앞의 이익만 좇다 보면
많은 것을 포기해야 할 때가 있어요.

소나기가 세차게 쏟아질 땐
처마 밑에서 잠시 비를 피하세요.
소나기가 그치면
그때 출발해도 충분해요.

비가 오면
해와 달도 빛을 감추고
잠시 하늘을 떠나잖아요.

마음이 젖으면
삶이 무거워 더 힘들어질 수 있어요.

빨리 가려고 욕심부리면
가는 길에 지쳐 주저앉을 수 있어요.

서두르지 말고 천천히
욕심부리지 말고 가볍게
여행하듯 살아요.

마음자리

속이 좁은 사람은
조그마한 일에도 화를 내지요.
이해와 배려가 부족한 이유는
그 사람이 나빠서가 아니라
마음에 여유가 없기 때문이지요.

속이 넓은 사람은
큰일 앞에서도 평정심을 유지하지요.
섣부르게 행동하지 않는 건
그 사람이 성자라서가 아니라
마음의 평수를 넓게 사용하기 때문이지요.

여기저기서 비난받고 상처받으면
마음이 점점 좁아져요.
결국은 소심해지고 의기소침해져
남들에게 속 좁은 사람으로 낙인찍히지요.

그럴수록 마음의 평수를 넓히면 좋겠어요.
많은 사람들이 따뜻하게 앉았다 갈 수 있도록
마음자리를 데웠으면 좋겠어요.

꽃 한 송이 피어날 수 없을 만큼 마음자리가 좁다면
영원히 고립되고 외로울 수밖에 없어요.
아무도 오고 싶지 않을 만큼 마음자리가 차갑다면
싸늘한 바람만 머무는 겨울 들녘처럼 살 수밖에 없어요.

오늘부터 마음의 평수를 넓히고
마음자리를 예쁘게 가꾸었으면 좋겠어요.

희망의 무게

뒤도 한번 돌아보지 않고
앞만 보고 달렸는데
인생이 왜 이러냐고 자책하지 말아요.

열심히 살아온 죄밖에 없는데
왜 나한테 이러냐고 탄식하지 말아요.
원망하고 한탄하면
더 비참해지고 더 고통스러운 게 인생이에요.

남의 눈에 눈물나게 했나 되돌아보고
남의 마음 아프게 했나 뉘우치는 건 좋지만
더 이상 진도를 나가지 않도록 해요.

인생이 허무하고 허무해서
더 이상 의미가 없다고 생각될 때
지나치게 희망을 걸고 살지 않도록 해요.

열심히 살지 않았다면
기대도, 실망도, 좌절도 없겠지요.

가끔은 희망을 버리는 것도
삶의 무게를 더는 일입니다.

꽃 피는 시절

봄이 왔다고
세상의 모든 꽃들이 동시에 피지는 않는다.
계절 따라
제각기 피어나는 시절이 따로 있다.

피는 시절이 다르다고
꽃의 아름다움이 사라지는 건 아니다.
언제 피든 세상의 모든 꽃들은
예쁘고 향기롭다.

사람의 꿈도 마찬가지다.
세상 모든 사람들이 꿈을 꾼다고 해서
똑같은 시기에 꿈을 이루진 않는다.
사람마다 꿈을 이루는 때가 다를 뿐이다.

조금 늦게 오른다고
정상의 의미가 퇴색하는 건 아니다.
세상 모든 정상은 가슴 벅차고
언제 오르든 감동과 감격이 파도치는 법이다.

조금 늦었다고 초조해 마라.
늦었다고 생각될 때
가장 좋은 열정이 나온다.

방황해도 괜찮아

충분히 잘하고 있다.
청춘이란 꿈을 안고 살면서
누구나 한 번쯤 방황하는 법이다.

너무 고민하지 마라.
방황이 나쁜 것만은 아니다.
상처가 아물면 새살이 돋아나듯
방황은 새로운 길을 발견하게 해줄 것이다.

너무 두려워하지 마라.
방황은 피해야 할 무엇이 아니다.
밤하늘에서 예기치 못한 별을 발견하듯
인생의 지도를 얻는 좋은 기회가 될 것이다.

그래도 너무 오래 방황하지는 마라.
아무리 좋은 것도

지나치면 부족한 것만 못하니
너무 오래 헤매면 지칠 수 있다.

가슴에 불을 지필 수
있을 만큼만 방황했으면 좋겠다.
꿈을 향해 질주할 수
있을 만큼만 방황했으면 좋겠다.

네 곁에는 항상 응원하는
내가 있다는 걸 잊지 마라.
너를 위하여 나는 오늘도
촛불처럼 눈물을 머금고 기도한다.

마디가 생기는 것은

살다 보면
때로는 힘이 들어 마디가 생길 수 있어요.
그래도 슬퍼하거나 무너지지 말아요.
마디가 생기는 건 좋은 징조예요.

대나무를 보세요.
마디 없이 곧게 자라기만 한다면
바람에 이리저리 휩쓸리다 부러지고 말겠죠.
마디가 있어서 대나무는
모진 바람도 버텨내는 거잖아요.

손가락을 보세요.
굵은 손마디 때문에
예쁜 반지를 끼기 힘들어도
사랑의 포옹으로 깍지를 끼면
서로의 단점을 감싸주고 체온을 나누며
오랫동안 포근한 사랑으로 살아갈 수 있잖아요.

악보를 보세요.

음악에서 마디는 악곡의

가장 작은 출발 단위,

여러 마디가 모여서 감동적인

선율을 만들어내잖아요.

살면서 생겨나는 마디는

성장의 과정이며

꿈을 향해 달려가는 길목입니다.

이 순간의 행복

과거에 저당 잡히지 말고
미래에 매달리지도 마라.

중요한 건
지금 행복해지는 것이다.

어제의 실수를 슬퍼하지 말고
내일 일을 앞서 걱정하지 마라.

오늘 이 순간,
이 자리에서 행복하라.

어제의 아픔 때문에
내일에 대한 고민 때문에
시간을 허비하지 마라.

어제 일은 지워버리고
내일 일은 내일 하라.

어제와 내일의 일보다
오늘 이 순간의 행복이 더 중요하다.

마음밭을 가꿔요

우주의 작은 티끌 같은 지구에 살면서
털어 먼지 한 톨 없는 사람이 어디 있을까요.

고운 햇살 속에 피는 꽃잎도 티끌이 있고
영롱한 아침이슬에도 어둠이 묻어 있어요.

험난한 세상에 상처받고 살면서 마음에
칼 한 자루 품지 않은 사람이 어디 있을까요.

아름다운 장미도 가시 위에 피어나고
편안한 나무의자도 안으로 못을 숨기고 있어요.

함부로 남을 비난하거나 헐뜯지 말아요.
남에게 상처가 될 말은 내뱉지 않도록 해요.

자꾸 흔들다 보면 편안한 의자에
숨겨진 못이 언제 튀어나올지 몰라요.

이해와 배려로 삶을 가꾸도록 해요.
위로와 감사로 삶을 꽃피우도록 해요.

세상에 와서 예쁜 꽃밭 한 평
가꿔놓고 가면 얼마나 좋을까요.

그래도 인생은

산다는 것,
면목 없고 눈물나는 일이지.
매 순간 잘 살아보려고 애쓰지만
늘 부족하고 모자라 목이 메는 일이지.

'욕심일까, 지나친 탐욕일까'
마음을 아무리 더듬어보아도
늘 안타까워서 눈물 쏟아지는 일이지.

'열심히 최선을 다하자' 아우성쳐도
뜻대로 되지 않는 게 인생이더군!
부지런한 봄처럼 살려고 노력해도
봄처럼 꽃을 피워내지 못하는 게 인생이더군!

산다는 것,

욕심 때문에 힘든 일이지.

봄꽃처럼 인생이 피어나고 있는데도

마음의 눈이 욕심에 가려 보이지 않는 일이지.

그래도 인생은

나쁜 일보다 좋은 일이 더 많고

눈물짓는 날보다 웃는 날이 더 많다네!

마음의 지도

완벽하지 못한 구석이 발견되더라도
자신을 너무 타박하지 마라.

일생을 흠결 없이 완벽하게
살아가는 사람이 과연 몇이나 될까.

시간을 되돌릴 수 있으면 좋겠다고
탄식하며 눈물 흘리는 것이 인생이다.

인생에서 삭제하고 싶은 순간이 있다면
오히려 소중하게 간직하라.

누구에게나 지우고 싶은
인생의 한 페이지는 있는 법이다.

길을 잃었을 때 지도를 펼쳐보듯
현실이 막막할 땐 마음을 펼쳐보라.

모르는 척 마음을 접어두고 사는 것은
자신을 아프게 찌르는 일이다.

너를 만나고 나를 알았다

2020년 4월 22일 초판 1쇄 | 2022년 3월 8일 7쇄 발행

지은이 이근대 **그린이** 소리여행
펴낸이 최세현 **경영고문** 박시형

디자인 정아연
마케팅 양근모, 권금숙, 양봉호, 이주형, 신하은, 유미정, 정문희
디지털콘텐츠 김명래 **해외기획** 우정민, 배혜림
경영지원 홍성택, 이진영, 임지윤, 김현우
펴낸곳 마음서재 **출판신고** 2006년 9월 25일 제406-2006-000210호
주소 서울시 마포구 월드컵북로 396 누리꿈스퀘어 비즈니스타워 18층
전화 02-6712-9800 **팩스** 02-6712-9810 **이메일** info@smpk.kr

ⓒ 이근대 (저작권자와 맺은 특약에 따라 검인을 생략합니다)
ISBN 979-11-6534-086-5 (03810)

쌤앤파커스(Sam&Parkers)는 독자 여러분의 책에 관한 아이디어와 원고 투고를 설레는 마음으로 기다리고 있습니다. 책으로 엮기를 원하는 아이디어가 있으신 분은 이메일 book@smpk.kr로 간단한 개요와 취지, 연락처 등을 보내주세요. 머뭇거리지 말고 문을 두드리세요. 길이 열립니다.